어린이들이 꼭 읽어야 할 기독교 고전

예수님이라면 어떻게 하실까

찰스 M. 셸던 지음

한승진 옮김

박문사

⛪ 책을 펴내면서

"예수님이라면 어떻게 하실까?"

어린이 여러분! 여러분도 집이나 교회, 학교에서 이 질문을 해보세요. 그리고 조용히 기도해 보세요. 그러면 마음에 떠오르는 첫 번째 생각이 있을 거예요. 그런데 이 첫 번째로 떠오른 생각을 실천하기에는 너무 어려울 것 같다는 느낌에 애써 떨쳐버리려고 할 때가 있어요.

그런데 이 생각이 바로 하나님께서 우리에게 하시는 말씀인 경우가 많아요. 어렵더라도 '예수님이라면 이렇게 하셨을 거야.' 하는 생각으로 실천해 보세요. 그렇게 하나하나 예수님을 생각하면서 살다 보면, 점점 예수님을 닮아가게 될 거예요.

이 책은 찰스 M. 셸던(Charles M. Sheldon) 목사님이 쓰신 『In His Steps』(그분의 발걸음을 따라)를 우리말로 바꾸면서, 우리 어린이들도 이해할 수 있도록 쓴 것이에요. 이 책을 처음 쓰신 셸던 목사님과 이 책을 우리말로 옮겨 주신 분들은 어른들을 위해서 썼기에, 우리 어린이들도 읽으면 좋겠다는 생각으로 조금 바꿔 보았어요. 이를 위해 이 책을 우리말로 옮긴 책들을 많이 보고서 어린이들이 읽을 수 있도록 고쳐서 쓴 것이니 옮김(번역)과 고쳐 씀(번안, 윤색)이기도 한 것이지요.

이 책은 우리 기독교의 고전이에요. 고전이란 오래전에 쓰였음에도 지금도 큰 감동으로 읽히는 책으로, 우리의 생각과 느낌의 뿌리가 되는 것을 말해요. 우리가 사는 세상은 책도 엄청나게 많고, 인터넷을 통해서 많은 것을 쉽고, 빠르게, 정확하게 알 수 있어요. 하지만 우리는 이렇게 많은 책과 정보를 다 알 수는 없어요.

그 모든 것의 기본을 알고 원리를 아는 비결이 있어요. 그게 바로 고전이에요. 이 책이 우리 기독교의 고전이에요. 우리는 그 어떤 책보다 기독교 고전들을 많이 많이 읽어야 해요.

그런데 어린이 여러분은 고전을 잘 안 읽어요. 왜냐하면 고전은 아주 먼 옛날 책이라서 글씨도 작고 시대도 다르기 때문이에요. 또, 다른 나라의 이야기라서 이해하기도 어려워요. 고전이 중요한 건 아니까 읽어야겠는데, 막상 읽으려니 어려워요. 그래서 이 책은 되도록 여러분이 이해하기 쉬운 글로 쓰고, 여러분이 꼭 알아야 할 부분을 중심으로 분량도 줄였어요. 이 정도면 여러분이 읽기 어렵지 않을 거예요. 아무쪼록 어린이 여러분이 쉽고, 재미있게 읽으면서 예수님처럼 지혜와 믿음과 사랑이 자라서 하나님과 사람들에게 칭찬받기를 기도할게요.

늘 마음 넉넉한 웃음으로 존중해주고 격려해주시면서 엉성한 글을 교정으로 함께해주신 황등교회 김순자 권사님과 오랜 친구로 제 글에 마음 편히 조언해주는 국경희와 제가 ‹기독교교육›에 글을 연재하기 시작하면서 편집기자로 알게 된 글친구로서 엉성한 제 글을 기쁘게 봐주며 교정해주신 조소연 출판 편집전문가님에게도 감사드려요. 또한 박문사 윤석현 사장님과 책임편집 김선은 대리님, 편집 주은혜님에게도 감사드려요.

이 책이 여러분의 손에 들려지는 기쁨을 부족한 오빠 몫까지 부모님께 효를 다하면서 은성교회 아동부 교사로 20여 년을 봉사하는 여동생 한승희와 함께하고 싶어요.

차례

- **에드워드 노먼(Edward Norman):** 레이먼드 데일리 뉴스 (Raymond Daily News)의 사장님이고 편집책임자예요. '예수님이 만약 신문편집자라면 어떻게 일하실 것인가' 라는 생각에 따라 신문사를 운영해요. 사람들의 흥미와 관심을 끄는 기사와 술이나 담배광고를 싣지 않기를 비롯하여, 기자들이 자신의 이름을 기사에 싣게 하여 책임을 분명히 하기 등의 새로운 운영 방법들을 실천해요. 신문사의 정치적 견해 표현도 나라를 이끄는 집권당에 대해서는 무조건 좋게 쓰던 것에서 벗어나서, 힘이 있는 정당이든 아니든 상관없이 가장 훌륭한 사람이 선거에 나와서 당선되도록 지원하겠다는 방향으로 바꿔요.

- **버지니아 페이지(Virginia Page):** 하늘나라로 가신 아버지 로부터 백만 달러나 되는 엄청난 돈을 물려받은 20대 아가씨예요. 자신의 재산은 자신의 소유가 아닌 하나님

의 것이라는 생각으로 가난한 사람들이 모여 사는 렉탱글의 땅을 사서 공원을 건축하기 시작해요. 이를 제대로 하기 위해서 기독교사회복지에 대해서 공부할 정도로 열정적이에요.

- 레이첼 윈슬로우(Rachel Winslow): 타고난 목소리를 가진 소프라노 가수예요. 아주 좋은 오페라단에 들어오라는 권유를 받지만 거절하고, 가난한 사람들이 모여 사는 렉탱글에서 기독교 복음전도자 그레이 씨의 전도 집회를 도왔어요. 그녀는 전도 집회가 끝나고도 이 일을 그만두지 않고, 자신의 노래를 좋아하는 사람들을 위해 마을 공회당에서 노래를 불러요. 친구 버지니아 페이지의 도움으로 우수한 악기를 갖춘 음악학원을 만들어 가난한 청소년, 특히 노래에 재능이 있음에도 가난해서 공부하지 못하는 청소년들에게 음악을 가르치게 되지요. 하지만 이를 위해 그녀는 자신이 음악가로 출세하기 바라는 어머니와 갈등을 겪어야 했지요.

- 헨리 맥스웰(Henry Maxwell): 레이먼드 제일교회(The First Church of Raymond) 담임목사예요. 우연히 자신의 교회에 온 떠돌이 실업자와의 만남을 통해 예수님을 따르는 삶에 대해 생각하게 되지요. 그래서 교인들에게 1년간 예수님처럼 살자는 제안을 하는데, 그때부터 레이먼

드 시에서는 새로운 변화들이 일어났어요. 헨리 맥스웰 목사 자신도 교인인 알렉산더 파워즈의 부탁으로 철도 공작소 노동자들에게 예수님과의 사귐을 통해 참된 만족과 행복을 누릴 수 있다는 설교를 하며, 노동자들의 친구로서 노동자를 위한 일을 시작해요.

- **알렉산더 파워즈(Alexander Powers):** 전 철도공작소장. 자신이 소장으로 일하던 철도공작소가 주간통상법(ICA), 철도회사의 트러스트(Trust, 기업합동) 행위 금지 법규를 위반한 사실을 폭로했어요. 이 일은 옳은 일이지만, 결국 직장을 잃게 되지요. 다행히 모스부호로 전신을 주고받을 수 있어서 다시 일할 수 있게 돼요.

- **도널드 마시 총장(Donald Marsh 또는 President Marsh):** 링컨대학교(Lincoln College) 총장이에요. 예수님이 지식인이라면 어떻게 할 것인가라는 신념에 따라, 학생들에게 지식인은 배우지 못한 사람과 사회적 약자를 위해서 일해야 한다고 가르쳐요.

- **펠리시아 스털링(Felicia Sterling):** 곡물투기사업으로 돈을 번 스털링의 둘째 딸이에요. 아버지는 자살, 어머니는 충격으로 세상을 떠나고, 그 많던 재산은 아빠의 곡물투기로 날아가 버렸어요. 영리한 그녀는 과거에 얽매이지 않고 이모 댁에서 요리를 하다가 시카고에서 식당

을 차렸어요. 이처럼 어려움을 이겨내고 재능을 활용하여 자기의 인생을 개척한 여장부예요. 펠리시아가 만든 매운탕 맛에 감탄한 에드워드 감독의 제안으로 사회복지관에서 요리를 가르쳐 시카고 주민들로부터 사랑받아요.

- **로즈 스털링(Rose Sterling):** 펠리시아의 언니예요. 집안이 망한 뒤 이모 댁에서 살다가 마음에도 없는 나이 많은 부자와 결혼하여 불행한 삶을 살게 되지요.

- **야스퍼 체이스(Jasper Chase):** 사람들이 좋아하는 가벼운 내용의 소설을 써서 인기와 돈을 손에 쥔 인기작가예요. 예수님을 따르지 못한다는 마음의 부담, 죄책감 때문에 양심의 가책에 시달리게 되지요.

- **에드워드 감독(Bishop Edward):** 신학대학교 동창생인 캘빈 브루스(Calvin Bruce) 목사와 시카고의 가난한 사람들이 모여 사는 지역에 사회복지관(Settlement Hall)을 설립할 정도로 기독교 사랑의 실천을 강조하는 목사예요. 사회적으로 약한 사람들에 대한 강한 사람으로서의 우월적인 동정심이 아닌, 진정한 예수님의 사랑에 따른 기독교사회복지를 실천해요. 감독(Bishop)은 목사님들 사이에서 지위가 높은 사람을 말해요.

- **칼센(Carlsen):** 사회주의 지도자예요. 가난하고 어려운

처지의 사람들과 함께하지 않고 부자들을 좋아하는 교회에 대해 비판하면서 사회주의 사회 건설을 주장해요. 사회주의란 개인의 이익보다는 사회공동체의 이익을 우선으로 해야 한다는 사회 구성 이론을 말해요.

"여러분은 이것을 위해 부르심을 받았어요. 그리스도께
서도 여러분을 위해 고난을 당하시고 여러분에게 본을
남겨 주심으로 그분의 발자취를 따르게 하셨어요."

베드로전서 2장 21절

금요일 아침, 맥스웰 목사는 주일 아침 예배 설교를 준
비하고 있었어요. 맥스웰 목사는 언제나 설교 준비에 최선
을 다했어요. 오늘 아침도 몇 시간째 성경 말씀을 보고, 설
교에 필요한 책들을 보고, 기도도 하면서 생각을 많이 했
지만, 설교 준비를 끝내지 못했어요.

맥스웰 목사는 설교 준비가 끝나지 않아 속상해하고 있
는데, 아래층에선 자꾸 시끄러운 소리가 들렸어요. 맥스웰
목사는 일단 설교 준비를 멈추고 아래층으로 내려가서 아

내에게 말했어요.

"여보! 누가 날 찾으면 지금 매우 바쁘니까 아주 중요한 일이 아니라면 만나기 어렵다고 말해 줘요."

그런데 이를 어쩌지요? 아내는 아이들이 다니는 유치원에 가야 했어요. 하는 수 없이 맥스웰 목사는 문을 걸어 잠그고 다시 2층 자신의 방으로 올라가 설교 준비를 했어요. 이번 주 설교할 하나님의 말씀은 신약성경 베드로전서 2장 21절 말씀이었어요.

맥스웰 목사는 설교할 내용을 꼼꼼하게 적어 나갔어요. 시작할 때, 예수님이 우리를 얼마나 사랑하시는지를 강조하기로 했어요. 예수님께서 우리를 위해 하나밖에 없는 목숨을 아깝게 여기지 않으시고 십자가에 못 박혀 돌아가시기까지 고생하신 것에 대해서 전할 작정이었어요. 이렇게 설교할 내용을 적고 보니 이번 주 설교가 잘될 것 같았어요. 설교 제목을 "예수님을 따라가는 세 단계"라고 붙이고 보니, 제목이 짧으면서도 마음에 쏙 들어오는 것만 같았어요. 맥스웰 목사는 기분이 좋아서 제목과 성경말씀, 그리고 정리한 설교 내용을 순서에 따라 하나하나 꼼꼼하게 적어 나갔어요.

그런데 이때, 1층에서 초인종 소리가 났어요. 맥스웰 목사는 갑작스러운 소리에 기분이 상했지만, 하는 수 없이 아래층으로 내려가서 문을 열어 주었어요. 문 앞에 서 있는 사람은 30-33살쯤 되어 보였는데, 옷차림이 말이 아니었어요. 위아래 옷 색깔도 안 어울리고, 지저분해 보이는데다 다림질도 안 한 건지 여기저기 구겨져 있었어요.

맥스웰 목사는 '거지인가? 우리 집이 목사 집인 걸 알고 구걸하러 온 모양이구나. 바쁜데 돈을 좀 줘서 돌려보내면 될 거야. 아직 설교도 다 못 끝냈는데……' 하고 생각하면서 친절하게 말했어요.

"실례지만 누구신지……. 저를 아십니까?"

"목사님, 저를 좀 도와주십시오. 저는요, 직장에서 쫓겨나서 갈 곳이 없습니다. 제가 목사님을 찾아온 것은, 목사님이라면 제게 일할 곳을 찾을 수 있는 방법을 알려 주실 것 같아서입니다. 목사님께선 많은 사람들을 알고 계시잖아요. 그러니 아무 일이라도 저를 소개시켜 주시면……."

그 청년의 말에 맥스웰 목사는 난처해하며 대답했어요.

"이거 어쩌지요? 많은 사람이 저에게 일할 곳을 얻게 해 달라고 부탁을 하는데요. 이젠 그런 곳을 알려 주고 소개해 주는 것도 힘들 것 같아요. 요즘 경제가 너무 어려워졌거든요. 또 저희 집에도 지금 당장은 일을 맡길 만한 것도 없습니다. 이렇게 부탁을 하셨는데 도와드리지 못해서 죄송합니다. 무슨 일이든지 하게 되시기를 바랍니다."

15

청년은 맥스웰 목사의 말에 고개를 숙이고는 이렇게 말했어요.

"알, 알겠습니다. 제가 다른 곳에 가서 일할 곳을 찾아보겠습니다. 감사합니다."

뒤돌아서 걸어가는 청년의 모습이 어찌나 불쌍하게 보이는지 맥스웰 목사의 마음도 무척 아팠어요.

목사는 다시 2층으로 올라가 설교 준비를 계속했어요. 몇 시간 동안 고생해서 드디어 설교 준비를 끝냈는데, 이상하게 마음이 편하지 않았어요. 자꾸만 좀 전에 찾아왔던 남자가 마음에 걸렸어요.

'설교 준비에 바쁘다고 직장을 잃어버린 어려운 사람을 잘 도와주지 못했어. 더 친절하게 대하고 식사라도 대접해 드리면 좋았을 텐데……. 다른 데서 좋은 직장을 구하셨을까? 그랬으면 좋겠는데…….'

저녁때가 되어 맥스웰 목사와 아내는 식사를 하면서 이야기를 나누었어요.

"오늘 우리 아이들이 다니는 사랑유치원에 가서 선생님들과 이야기를 나누는데, 어떤 젊은 남자가 들어왔어요. 그 순간 '거지인가?' 싶고, '왜 함부로 들어오는 건가?' 하는 생각에 기분이 나빴어요. 그런데 자세히 보니까 좀 불쌍해 보였어요. 거지는 아닌 것 같고, 어떤 이유에선지 지쳐 보이고 힘이 없어보였어요. 아마 어디 갈 곳이 없거나 뭔지는 모르지만 힘든 문제가 있는 것 같았어요. 그래서 우리가 먹던 간식과 물이라도 전해 주려고 하려는데, 그 사람이 조용히 나가버렸어요. 그제야 '좀 더 빨리 도와줄 걸' 하는 생각이 들었어요. 우리끼리 맛있는 간식 먹으면서 즐겁게 이야기하다 보니, 그만 어려운 사람이 찾아왔는데 대접을 못하고 말았어요. 무척 힘들어 보였는데, 지금 어디서 저녁 식사라도 잘 하시는 건지 궁금하고, 미안해요."

이 말을 듣고는 맥스웰 목사가 고개를 끄덕이면서 말했어요.

"그런 일이 있었구려. 아마 그 젊은 남자는 여기에 왔다가 간 남자인 것 같소. 당신이 말한 그 남자와 비슷한 남자가 여기에도 왔었소. 나한테 일자리 좀 소개시켜 달라고 왔는데, 내가 그만 거절하고 말았소. 난 도움을 요청한 그 사람을 도와주지 못한 게 마음에 걸렸소. 일자리를 못 구해 주더라도, 들어오시라고 하고 차 한 잔이라도 대접해야 하는 건데……. 나도 영 미안한 생각이 들었소. 아마 우리 집에 왔다가 사랑유치원에 갔던 것 같소. 요즘 경제가 어려워지니까 직장을 잃어버린 사람들이 많은 것 같소. 이 사람들이 다시 좋은 직장을 찾아서 자기 가정도 행복해지면 좋을 텐데……. 나 원 참! 경제가 점점 더 어려워지니,

직장에서 쫓겨나는 사람들이 더 많아지는 것 같소. 이거 참 걱정이오."

"그러게요. 경제가 좋아져서 모두 행복해졌으면 좋겠어요."

주일 아침, 요즘은 흐린 날이 많았는데 오늘은 아주 날씨가 좋았어요. 공기도 맑고, 구름 한 점 없는 아주 맑고 고운 날씨였어요. 교인들은 즐거운 마음으로 교회로 발걸음을 옮겼어요. 교회 근처에서 만난 교인들끼리 인사도 하고, 이야기도 나누면서 교회로 들어갔어요. 교인들은 좋은 옷에, 멋진 자동차를 타고 왔어요. 사실 이 교회는 레이먼드 시에서 유명한 교회였어요. 이 교회에 다니는 사람들은 아주 유명한 사람들과 부자들이 많았어요. 그리고 이 교회의 찬양대는 이 지역에서 최고를 자랑할 정도였어요.

드디어 레이먼드 제일교회의 아침 예배가 시작되었어요. 순서에 따라 찬양대가 찬양을 하였고, 설교를 하기 바로 전에는 고운 목소리로 찬양하는 레이첼이 찬송가를 불렀어요. 언제나 그랬듯이 레이첼의 찬양은 모든 사람에게 하나님의 사랑을 느끼도록 하는 감동을 주었어요.

레이첼의 찬양이 끝나자, 맥스웰 목사가 설교단에 올라갔어요. 맥스웰 목사는 오랜 시간 정성을 다해 준비한 설교를 해나갔어요.

"여러분, 오늘은 '구원의 세 가지 단계'라는 제목으로 하나님의 말씀을 전하겠습니다.……"

늘 성실하게 준비하고 기도하면서 또박또박 말씀을 전하기에, 교인들은 맥스웰 목사의 설교를 들으면서 졸거나 딴생각을 하지 않았어요. 그렇게 듣다 보면 어느새 시간이 흘러 설교가 끝나 있었어요.

찬양과 설교가 끝나고 이제 예배 마지막 찬양을 하려는데, 갑자기 어떤 남자가 일어서며 큰 소리로 말했어요.

"잠깐만요. 잠깐만요……. 죄송합니다만 이 예배가 끝나기 전에 꼭 드릴 말씀이 있어요."

이 소리에 교인들은 깜짝 놀랐어요. 그 사람은 이리저리 비틀거리면서 설교단 쪽으로 걸어나갔어요. 이를 본 교인들은 이런 생각을 하였어요.

'아니! 저 사람이 거룩한 교회에 이리저리 몸도 비틀거릴 정도로 술을 마시고 들어오다니……. 빨리 끌어내야겠어. 옷차림도 너무 지저분하잖아.'

이런 생각을 알기라도 하듯, 그 남자는 설교단 바로 앞에 설치된 마이크를 잡고는 이렇게 말했어요.

"교인 여러분! 저는 술 취하지도, 마시지도 않았어요. 저는 어느 누구도 괴롭히려는 마음이 없어요. 안심하세요.

저는 나쁜 사람이 아니에요."

이렇게 말을 하고는 한숨을 길게 내쉬고는 다시 말을 이어갔어요.

"여러분! 저는 몇 년 전에 직장을 잃었어요. 그로부터 지금까지 직장을 구하지 못했어요. 사실 저는 책을 만들거나 신문이나 잡지를 만드는 인쇄 기술자예요. 누구보다 열심히 일하면서 살았어요. 그런데…… 그런데……."

남자는 목이 메는지 말을 이어가지 못했어요. 너무도 불쌍해 보이는 모습에 누구 하나 이 남자를 끌어내거나 말하지 못하게 하지를 못했어요. 남자는 다시 말을 이어나갔어요.

"여러분도 아마 아실 거예요. 몇 년 전에 새로 개발된 인쇄기계가 들어오면서 저 같은 인쇄기술자는 이제 필요 없게 되었어요. 그 기계가 저 같은 기술자보다 더 빠르고 정확하게 일을 해냈거든요. 그래서 직장에서 쫓겨나게 되었어요. 이렇게 될 줄 몰랐고, 전혀 준비도 없었어요. 인쇄기술 말고는 할 줄 아는 게 없어요. 아마 이 기계 때문에 직장에서 쫓겨난 사람들이 많을 거예요. 안타까운 것은 이사람들 중에서 올해만 해도 5명이나 자살을 했다는 사실이에요. 이 기계를 구입한 회사를 욕하거나 미워하지는 않아요. 그저 아무 일이라도 있으면 열심히 하려고 여기저기 떠돌아다녔어요. 이렇게 직장을 알아보면서 다니다 보니, 저처럼 직장에서 쫓겨난 사람들이 많았어요. 많은 사람들이 직장을 잃고, 먹고 사는 것을 걱정하고 있었어요."

남자는 또 비틀거리며 넘어질 것 같더니, 교회 의자를 붙잡고는 다시 말을 이어갔어요.

"사실은요. 이런 말을 하려고 나온 게 아니에요. 좀 전에 목사님이 말씀하신 것 때문에 나왔어요. 예수님이 몸으로 보여 주시고 가르쳐 주신 대로 '그대로 따라서 살아야 한다.'는 말씀을 들으면서 갑자기 의문이 생겼어요. 여러분! 예수님이 가르쳐 주신 대로 산다는 것이 과연 무슨 말일까요? 또 목사님께서 예수님을 믿는 사람들은 그분의 발자취를 따라야 하며, 그 발자취는 곧 순종·믿음·사랑 그리고 '본받음'이라고 말씀하셨잖아요. 그런데요. 목사님은 어떻게 예수님의 발자취를 따라야 하며 본받아야 하는 것에 대해서는 말씀하시지 않으셨어요. 여러분! 어떻게 하라는 건가요? 저는 일할 곳을 찾기 위해 레이먼드 시에서 안 가본 데가 없었어요. 그런데 저를 불쌍히 보고, 안타깝게 여겨 위로해 주고 걱정해 주는 말을 해주신 분은 오직 목사님 한 분밖에 없었어요. 요즘 경제가 어려워져서 저처럼 직장을 잃어버린 사람들이나 거지들이 너무나 많다 보니까 귀찮아지셨을지 모르겠어요. 이렇게 된 것에 대해서 어느 누구도 원망하지 않고, 단지 사실대로 말하고 싶을 뿐이에요. 그리고 여러분이 자기 할 일을 내팽개치고 저 같은 사람에게 직업을 구해 주기 위해 발 벗고 나설 수 없다는 것도 이해해요. 다만, 제가 궁금한 것은 예수님을 따른다는 것이 도대체 무엇을 말하느냐 하는 것이에요. 좀 전에 찬양대에서 '주와 함께 가려네' 하는 찬송가를 불렀는데 과연 그 뜻은 무엇일까요? 지금 우리나라에 먹을 것이 없어서 고통당하는 실업자들과 그 가족의 고통과 아픔에 대해서 아십니까?'

남자는 또 한 번 비틀거렸어요. 서 있기도 힘들어 보이는데, 꼭 말해야 한다는 생각에 힘을 내는 것만 같았어요. 한숨을 내쉬고는 다시 말을 이어갔어요.

"제 아내는 4달 전에 약 한 번 제대로 먹어보지 못하고는 그만 하늘나라로 갔어요. 하나밖에 없는 딸은 잠시 고아원에 맡겼어요. 저는 정말로 도저히 이해가 안 되는 것이 하나 있어요. 예수님을 믿는 많은 사람들이 좋은 집에 살고, 좋은 차를 타고, 좋은 옷을 입고 살면서 '예수님을 따라 사랑해야지. 우리 서로 사랑해'라고 찬양을 해요. 그런데 제 아내는 냄새나고 불편한 셋방에서 병들어 죽고 말았어요. 제 아내가 숨을 거둔 셋방의 주인도 예수님을 믿는 사람이었어요. 그런데 그 주인이 진짜로 예수님을 본받고 따르려고 했는지 의심스러워요. 왜 예수님을 믿는 사람들이 말로만 예수님을 따르겠다고 하는지 전 이해할 수가 없어요. 저, 정말로……요."

남자는 이렇게 말하고는 그만 쓰러지고 말았어요. 그 순간 맥스웰 목사는 급히 "예배가 끝났습니다."라고 말하고는 곧바로 그 사람에게 다가갔어요. 그제야 교인들도 그 사람 곁으로 가서 도와주기 시작했어요. †

맥스웰 목사는 그 사람을 자기 집으로 데리고 가서 정성 껏 간호했어요. 그러나 그의 병이 워낙 심해서인지 낫지를 않았어요. 그는 정성을 다해 간호하는 맥스웰 목사를 보면 서 말했어요.

"목사님은 제게 참 잘해 주셨어요. 아마 예수님도 목사 님처럼……하셨을 거예요."

"아, 아니에요. 제게 도와달라고 오셨을 때, 제가 제대로 도와드리지 못한 것이 부끄러워요."

결국 그는 하나밖에 없는 딸도 만나보지 못하고 그만 죽 고 말았어요.

맥스웰 목사는 일주일 동안 그 사람을 간호하느라 제대 로 먹지도 못하고 잠도 제대로 이루지 못했어요. 그러나 맥스웰 목사는 그 어느 때보다 힘차게 설교하면서 그 사람에 대해서 말했어요.

"여러분, 지난 주일 예배 때 우리 교회에 왔던 그 사람은 어제 새벽에 하늘나라로 갔습니다. 저는 그 사람이 제게 했던 말이 너무나 큰 충격이었습니다. 그리고 저 자신이 얼마나 부끄러운지, 마음이 아파서 저 자신에게 물어보았습니다. 진심으로 예수님을 따른다는 것이 무엇을 뜻하는 것일까요? 여러분! 저는 한 가지 제안을 하려고 합니다."

교인들은 지난 주일에 있었던 일을 생각하면서 맥스웰 목사가 무슨 제안을 할지 궁금해했어요.

"앞으로 1년 동안 어떤 일이든지 하기 전에 반드시 이 질문을 해보는 겁니다. '예수님이라면 어떻게 하실까?' 그리고 예수님이 하실 것 같은 대로 실천해 봅시다. 제 말에 찬성하시는 분들은 예배가 끝난 후, 친교관으로 모여 주시기 바랍니다."

예배가 끝난 후, 교인들은 여기저기서 이 제안에 대한 이야기들을 했어요.

"우리가 그렇게 살 수 있을까?"

"예수님처럼 산다는 것은 불가능해."

"그렇게 살겠다고 맹세를 해도 이걸 지킬 수 없을 거야."

"난, 한 번 해보고 싶어. 예수님처럼 살고 싶어."

목사는 교회 마당에서 교인들을 배웅하고 친교관으로

걸어갔어요. 목사는 '몇 명이나 모였을까?' 하는 생각에 떨리는 손으로 친교관 문을 열고는 깜짝 놀랐어요.

'아니, 이럴 수가! 이렇게 많은 교인들이 모여 있다니…….'

맥스웰 목사는 친교관에 모인 50명쯤 되는 교인들과 앞으로 1년 동안 '예수님이라면 어떻게 하실까?'를 물어보고 모든 일을 해나갈 것을 약속했어요. 그리고 일주일에 한 번씩 모여 각자의 경험을 이야기하기로 했어요. 맥스웰 목사는 이 약속을 잘 지킬 수 있도록 하나님께 간절히 기도했어요. †

03 노먼 사장님의 예수님 따라 살기

레이먼드 일보의 노먼 사장은 어제 주일, '예수님이라면 어떻게 하실까?'에 대해 물어보기로 결심을 한 사람이었어요. 월요일 아침, 노먼 사장은 혼자서 조용히 기도했어요. 그렇게 기도를 마치고 나니, 편집장이 오늘 신문에 나올 중요한 기사를 가지고 사장실에 들어왔어요.

편집장은 기분 좋게 말했어요.

"사장님, 어제 유원지에서 벌어졌던 프로 권투 기사입니다."

노먼 사장은 편집장이 보여 준 기사를 꼼꼼히 살펴보고 나서 말했어요.

"이 기사는 우리 신문에 싣지 말게. 앞으로 이런 권투 기사는 우리 신문에선 안 다룰 거야."

편집장은 노먼 사장의 갑작스러운 말에 어이가 없었어요.

"사장님, 이건 말도 안 됩니다. 다른 신문사들은 이 기사를 실을 것입니다. 그런데 우리가 싣지 않으면, 우리 신문을 돈 내고 보는 사람들이 엄청나게 화를 낼 겁니다. 갑자기 무슨 이유로 이 기사를 싣지 않겠다는 겁니까?"

노먼 사장은 빙그레 웃으면서 편집장에게 차근차근 이야기했어요.

"마음을 가라앉히고 내 말을 잘 들어보게. 자네도 예수님 믿는 사람이지? 그럼 한번 물어보겠네. 만약 예수님이라면 서로 싸우게 하고서 그걸 보면서 내기를 하는 이런 권투 기사를 실으실까?"

"그, 그럴 리야……없겠죠."

"내 생각도 그래. 나는 앞으로 1년 동안 '예수님이라면 어떻게 하실까?' 하는 생각으로 우리 신문사를 운영할 작정이야. 나는 그렇게 약속을 했어. 자네도 내 뜻에 따라 주기를 바라네."

편집장은 맞는 말이라 딱히 할 말이 없었지만, 그래도 이렇게는 안 되겠다고 생각하고는 말했어요.

"사장님 말씀이 맞습니다. 그러나 예수님께서 원하시는 기사만 신문에 싣는다면, 우린 손해만 보다가 망하고 말 겁니다. 우리 시민들은 대부분 권투에 흥미를 갖고 있는데, 당장 내일 권투기사가 실리지 않는다면 수천 명의 독자를 잃게 될 것이 뻔합니다."

"편집장, 우리는 예수님의 말씀을 믿고 본받으며 살아야 하지 않나? 그게 당연한 일이잖아. 난, 예수님께서 원하시는 대로 하기로 결심했네. 내 뜻에 따라주기 바라네."

"사장님, 맞는 말씀이지만 그렇게 하면 우리 신문사는 한 달도 안 되어 망하고 말 것입니다. 죄송하지만 전 찬성할 수 없습니다."

하지만 노먼 사장의 결심은 완고했어요. 결국 권투 기사는 레이먼드 일보에 실리지 않게 되었어요.

시내에서 신문을 파는 어린이들이 외쳤어요.

"신문이요, 신문! 권투 기사가 재미있게 나왔습니다. 레이먼드 일보예요. 권투 기사가 특집으로 나왔어요."

"야, 이놈아! 이리 와 봐! 뭐가 어쩌고 어째? 권투 기사가 한 줄도 없는데 어디 있다는 거야? 너 혹시 신문 잘못 가져온 거 아냐?"

"어? 정말이네? 우리 신문에 권투 기사가 없잖아?"

"권투 기사도 없는 신문을 팔려고 하다니! 빨리 돈 돌려줘! 다른 신문을 사야겠어!"

이렇게 되니 신문 파는 어린이들이 신문을 팔지 못하게 되었어요. 마침 퇴근하려다가 이를 알게 된 노먼 사장은 어린이들을 모두 불러서 팔지 못한 신문을 모두 사주었어요. †

04 예수님이라면
이런 걸 신문에 내실까?

그 후로 일주일 동안 레이먼드 일보에는 권투 기사 사건에 대한 편지가 엄청나게 많이 왔어요. 그중 대부분이 앞으로 신문을 더 이상 안 보겠다는 내용이었어요. 노먼 사장은 앞으로 신문사가 어려워질 것을 알았어요.

그런데 단 한 통의 편지는 달랐어요. 이 편지는 이렇게 쓰여 있었어요.

"그럴수록 더욱더 예수님을 의지하시길 소원합니다. 주께선 반드시 어려움을 이겨낼 수 있도록 사장님께 힘을 주실 겁니다."

노먼 사장은 눈물이 날 정도로 감동을 받았어요. 많은 사람들이 비난과 협박을 하는데, 단 한 사람만은 위로와 격려로 힘이 되어 주었던 거예요. 이 편지는 바로 맥스웰 목사가 보낸 것이었어요.

노먼 사장은 더 굳게 다짐하였어요.

'손해가 있더라도 끝까지 밀어붙이자.'

담배 회사는 광고 게재를 약속한 기간이 끝나는 대로 더 이상 신문에 광고를 싣지 않기로 하였어요. 아마 권투 기사 때문에 신문을 보는 사람이 줄어든 것을 알고 결정한 것 같아요. 직원들은 광고를 하는 회사들이 신문에 광고를 내지 않는다면 신문사는 손해를 보다가 결국 망하게 될 거라고 걱정을 하였어요. 그러니 예전처럼 신문을 사서 보는 사람들이 좋아하는 신문을 만드는 것이 좋을 것 같다고 이야기했어요. 그러나 노먼 사장의 결심에는 변화가 없었어요. 노먼 사장은 이런 생각을 했어요.

예수님이라면 '술, 담배, 폭력, 낯 뜨거운 광고 같은 것을 예수님이라면 신문에 내지 않으실 거야.'

그런데 이렇게 하면 벌어들이는 돈보다 손해 보는 돈이 더 많아지고, 결국에는 신문사는 망할지도 몰랐어요.

노먼 사장의 결심은 여기서 그치지 않았어요. 일요일 신문은 흥미로운 볼거리가 많아서 인기가 있었기 때문에, 신문사는 큰돈을 벌 수 있었어요. 그런데 노먼 사장은 일요일판 신문을 내지 않겠다고 결정했어요.

편집장은 거세게 항의했어요. 이런 불만에 노먼 사장은 화를 내지 않고 하나하나 그 이유를 설명해 줬어요.

"나도 근로자들이 일요일에 쉬면서 볼 수 있게 도움이 될 만한 읽을거리가 필요하다는 것을 알고 있어. 그러나 일요일판 신문은 예수님이라면 절대로 안 실으실 내용으로 실어야 하잖아. 그러니 낼 수 없어. 직원 모두 방송실로 모이라고 해."

노먼 사장은 모든 직원에게 자신의 약속을 이야기했어요. 이야기를 다 듣고 나서 편집장이 또 항의를 했어요.

"사장님이 생각하시는 건 지금 우리가 사는 세상에선 불가능한 일입니다. 그런 생각은 많은 신문 독자들로부터 외면당하게 되고, 마침내 우리 신문사는 망하고 말 것입니다. 그렇게 되면 사장님은 사람들로부터 조롱당하고, 망신을 당하게 되실 것입니다. 저희도 가족이 있는데 직장을 잃어버리면 어떻게 합니까? 다시 한 번 깊이 생각해 주시기 바랍니다."

이 의견에 다른 직원들도 찬성하였어요. 그러나 노먼 사장은 자신의 결심에 흔들림이 없었어요.

"여러분이 어려워하고 걱정하시는 걸 잘 압니다. 제 결정이 많은 사람에게 조롱을 받고, 또 여러분에게 불안감을 준다는 것도 잘 압니다. 그러나 저는 예수님 앞에서 약속하였고, 1년 동안 그 약속대로 살기로 맹세하였습니다. 그러니 1년 동안 저를 믿고 따라와 주십시오. 여러분! 어떤 손해가 생겨도 제가 다 책임지겠습니다. 일요일판 신문 발행을 없애고, 그 대신 토요일 저녁 신문의 양을 두 배로 늘려 발행할 것입니다. 그렇게 하면 직원 여러분 중에서 교회 다니는 사람들은 주일날 교회에 가서 예배를 드릴 수 있게 되고, 하루를 편히 쉬면서 가족과 함께 보낼 수 있을 겁니다."

편집장은 노먼 사장의 생각에 불만을 품고 신문사를 그만두겠다고 했지만, 노먼 사장이 간절하게 부탁해서 그만두지는 않았어요. †

주일 아침, 교인들은 한 주 동안에 있었던 일들을 이야기했어요.

"이봐! 레이먼드 일보에서 일요일판 신문을 만들지 않기로 한 노먼 사장의 기사를 읽었어?"

"왜 그런 결정을 했는지 이해할 수가 없어. 아마도 그 약속 때문인 것 같아. 아무리 약속이 중요해도 그렇지, 신문을 그런 식으로 만든다는 건 좀 이해할 수 없어. 저기 좀 보라고! 아무렇지 않다는 듯이 기도하고 있잖아."

맥스웰 목사도 교인들이 이야기하는 것을 알고 있었어요. 오늘 맥스웰 목사는 차분하게, 교인들에게 표현하기 어려울 정도로 깊고 오묘한 말씀을 전했어요. 맥스웰 목사는 일주일 내내 '예수라면 어떻게 설교하실까?'를 생각하고 기도하면서 설교 준비를 했어요. 맥스웰 목사의 설교는 이 전보다 더 힘이 넘쳐났어요.

예배가 끝나자 지난주에 약속했던 교인들이 친교관으로 모였어요. 그리고 한 사람씩 일주일 동안 예수님처럼 살려고 한 것에 대한 이야기들을 하였어요. 그리고 모두 노먼 사장이 한 일들에 대해 감동을 하고는 함께 기도해 주었어요.

다음 날 아침, 맥스웰 목사는 파워즈 소장이 근무하고 있는 철도공작소로 갔어요. 파워즈 소장은 목사를 반갑게 맞이하면서 말했어요.

"예수님께 약속하고부터 제게는 많은 변화가 일어났습니다. 그래서 저는 회사에서 저에게 사용 권한을 준 이 방에서 저와 함께 일하는 사람들과 일주일에 두세 시간과 점심시간을 이용하여 15분 동안 하나님 말씀을 읽고 기도하기로 했습니다."

"아, 이런 놀라운 계획이 있었군요. 정말 잘 생각하셨습니다."

"저는 이곳에서 일하면서 '예수님이라면 어떻게 하실까?'라는 질문을 깊이 생각해 보았습니다. 그리고 힘든 일을 하느라고 몸과 마음이 지친 노동자들이 쉬면서 이야기도 나누면서 하나님의 말씀을 읽고 기도하는 것이 예수님의 뜻이 아닐까 생각했습니다. 그래서 저는 오늘 처음 시작하

는 장소에서 목사님께 하나님의 말씀을 전해 주시기를 부
탁 드린 것입니다."

이 말을 듣고 맥스웰 목사는 가슴이 뜨거워지는 것만 같
았어요. 그러면서 이런 생각을 했어요.

'아……. 직장을 잃고 고생하다가 죽은 한 사람의 마지
막 말이 많은 사람들의 마음을 움직이는구나. 이것이 바로
하나님이 함께하심이야. 하나님이 나를 이곳으로 가게 하
신 뜻이 있었구나.'

목사는 파워즈 소장에게 말했어요.

"이곳에서도 하나님이 우리와 함께하실 겁니다. 그동안
교회와 노동자는 거리감이 있었는데, 오늘 집사님을 통해
거리감이 좁혀지는 하나님의 사랑이 펼쳐질 것 같습니다."

드디어 점심시간이 되었어요. 300명쯤 되는 노동자들이
목사의 말을 들으려고 방안에 모였어요. 맥스웰 목사는 이
런 곳에서 말하는 게 처음이라 떨렸지만, 열심히 말씀을
전하였어요.

설교가 끝나자 철도공작소의 노동자들은 즐거운 마음으
로 다시 일하러 갔어요.

맥스웰 목사는 이 사람들의 마음이 순수하다는 생각을
했어요. 사실 맥스웰 목사는 이 사람들이 쇠를 다루는 일
을 하니 몸집도 크고, 말도 사납고 거칠게 할 거라는 편견

을 갖고 있었어요. 그런데 오늘 보니까, 겉으로는 거칠어 보이지만 마음이 참 따뜻한 사람들이었어요.

파워즈 소장은 맥스웰 목사를 배웅하고 나서, 다시금 힘든 일을 하는 사람들이 쉴 수 있는 편안한 휴게실이 될 수 있도록 책상과 의자와 커피와 잔들을 가져다 놓았어요. 그렇게 한참 동안 창고 정리를 하고는 사무실에 와보니 서류가 하나 와 있었어요.

'나한테 온 건가? 어? 그런데 이건 내 것이 아니라 화물 수송부장에게 가야 할 서류가 잘못 온 거잖아?'

그런데 서류가 잘 보이게 되어 있어서 파워즈 소장는 그 내용을 보게 되었어요. 천천히 서류를 보던 파워즈 소장은 깜짝 놀랐어요. 서류를 통해 보니 자신의 철도회사가 법으로 정해 놓은 것을 몰래 어기고 있던 것이었어요.

'우리 회사가 법을 어기고 있다니……'

사실 이렇게 법을 어기는 일은 오래전부터 해온 것으로, 간부들은 이렇게 하는 걸 다 알고 있지만 누구 하나 나서서 말하지 않았어요.

파워즈 소장은 이런 생각을 했어요.

'만약 도둑이 이웃집에 들어가서 물건을 훔치는 것을 보았다면 당연히 경찰에 신고를 했을 거야. 잘못된 걸 알고 그냥 넘어가는 건 안 되는 일이야. 내가 회사를 신고하면,

어쩌면 회사에서 쫓겨날지도 몰라. 그러면 내 가족은 어떻게 살지? 또, 회사와 싸워서 이긴다는 확신도 없어. 그러나 우리 회사가 도둑처럼 똑같은 범죄를 저질렀다면 경찰에 신고를 해야 하잖아. 그러나 내 가족은 어떻게 해야 하지? 내 아내와 딸은 나 때문에 남들이 부러워하는 행복한 생활을 해왔는데……. 만약 내가 회사를 신고하고 또 증인으로 법정에 서서 회사와 싸우다가 오해를 받아서 어려운 일에 처한다면, 나와 우리 가정은 끝장이 나고 말 거야. 그렇다면 이 서류를 수송부에 돌려주고 모르는 척할까? 이렇게 하는 것이 맞을까? 예수님이라면 이런 죄를 보시고 어떻게 하셨을까?

저녁 6시가 되자 사람들이 집으로 돌아갔어요. 그러나 파워즈 소장은 퇴근하지 않고, 무릎을 꿇고 기도하였어요. †

또 한 주가 지나갔어요. 레이첼은 교회 찬양대원으로 노래도 잘하고 예뻐서 많은 남자 청년들이 좋아했어요. 그러던 어느 날, 아주 유명한 오페라 단장으로부터 대규모 순회공연을 함께하자는 한 통의 편지를 받았어요. 아주 좋은 기회였지만, 그렇게 하면 주일에 교회 찬양대를 못하게 될 것 같았어요. 레이첼은 '어떻게 해야 하나?' 고민하였지만, 약속한 대로 '예수님이라면 어떻게 하실까?'라는 생각을 하니 오페라단에 들어가지 않는 것이 옳은 것 같았어요. 레이첼은 들어가지 않기로 결심을 하고, 친구 버지니아를 찾아갔어요. 버지니아의 부모님은 일찍 세상을 떠나셔서 가족이라곤 할머니와 오빠 롤린뿐이었어요. 롤린이 말했어요.

"레이첼, 너 오페라단에 스카우트됐다며? 소문이 쫘악~

퍼졌어. 이 주일 전에 오페라 단장이 우리 교회에 온 것을 많은 사람들이 봤어. 그때 그 단장은 예배를 드리려고 온 것이 아니라 레이첼 너의 노래를 들으려고 왔었대."

레이첼은 분명하게 말했어요.

"저는 오페라단에 들어가지 않을 거예요. 저의 성공을 위해서 교회 찬양대를 포기하고 무대에 서지는 않을 거예요."

"너라면 틀림없이 성공을 거둘 수 있을 텐데……. 안 됐구나. 모든 사람들이 네 노래를 칭찬하던데……."

"모든 사람이라고요? 도대체 그 사람들이 누구예요?"

"그거야 주일마다 네 노래를 듣는 모든 사람들이지."

롤린과 레이첼의 이야기를 듣고 계시던 할머니가 말씀하셨어요.

"레이첼! 네가 이해해라. 롤린은 자기 아빠를 닮아서 말을 잘 꾸며서 못해. 그냥 생각나는 대로 솔직하게 말하지. 나쁜 뜻은 아니야. 단지 우린 너의 장래 계획이 궁금해서 그런 거란다. 그러니 말해 줄 수 없겠니? 왜 그 좋은 오페라단에 들어가지 않겠다는 거니? 이런 기회가 또 언제 온다고!"

"할머니. 사실은 저도 오페라 단장님의 제의를 받고 많이 고민했어요. 오페라 단원이 되면 유명한 무대에 서게 되고, 돈도 많이 벌게 될 거예요. 하지만 '예수님이라면 어떻게 하실까?'를 놓고 고민해 보니 아니라는 생각이 들었어요. 하나님께서 저에게 주신 아름다운 목소리를 단지 돈 벌고 유명해지는 걸 위해서 사용해서는 안 된다는 것을 말이에요."

"맙소사, 기가 막혀서 말이 안 나오네."

가만히 듣고 있던 버지니아가 말했어요.

"할머니, 레이첼은 1년 동안 예수님을 따르기로 약속을 했고, 그 행동 기준에 따라 결정하기로 해서 그런 결과가 나온 거예요. 그러니 너무 어이없다고 생각하지 마세요."

"버지니아, 나도 많은 사람들이 그런 약속을 한 것을 알고 있어. 그러나 얼마 지나지 않아 그런 맹세는 실제 생활에선 실천이 불가능하다는 걸 깨닫고 곧 후회할 거야. 버지니아, 너만이라도 그따위 어리석은 생각에 절대로 빠져들지 마라. 알겠지?"

"할머니! 죄송해요. 저도 약속을 하였고 예수님을 따라 살기로 했어요."

"너도 어리석은 짓을 하니 참을 수가 없구나! 레이첼, 네 엄마가 네 결정에 대해 뭐라고 하시겠니? 바보스러운 결정을 내렸다고 하실 거야. 그럼, 너의 고운 목소리로 도대체 무엇을 하고 싶다는 것이냐?"

"아직 무엇을 할까를 정하지 못했어요."

"아니, 무엇을 할 것인지 생각해 놓지도 않고 좋은 제안을 거절부터 하다니! 정말 한심하구나. 애야! 좀 더 지혜로운 생각을 해보렴. 만약 오페라 단장의 제의를 거절하면 언젠가 넌 후회할 날이 올 거야. 내가 너희에게 이런 말을 해봐야 뭘 하겠냐. 아휴~ 한심한 애들 같으니라고."

그러나 버지니아는 레이첼에게 이렇게 말해 주었어요.

"너는 잘해낼 거야. 예수님을 따르기로 약속했으니 예수님이 너를 도와주실 거야." †

07 예수님이 아름다운 노래를 하는 사람이라면

레이첼은 집으로 돌아와 버지니아 집에서 있었던 일을 곰곰이 생각했어요. 그러다가 마침 어머니를 만났어요. 레이첼은 어머니에게 오페라 가수가 되지 않을 것을 말씀드렸어요.

레이첼의 말을 들은 어머니는 화를 내셨어요.

"그렇지 않아도 너하고 얘기를 하고 싶었는데……. 오페라 가수로서 경력을 쌓는 게 뭐가 잘못됐다는 말이냐?"

"엄마, 잘못된 것이 아니라 그, 그게……."

"왜 너는 오페라 단원이 되는 게 예수님께서 절대로 반대하시는 일이라는 거니? 오페라 단원이 되어서도 얼마든지 예수님이 기뻐하시는 일을 할 수 있잖아."

"엄마 말이 맞는지도 몰라. 그렇지만 난 가슴에 손을 얹고 '예수님이라면 어떻게 하실까?'를 깊이 생각하고 나서

43

오페라 단장의 제의를 거절한 거야. 내 생각에는 멋지게 차려입은 사람들을 즐겁게 하기 위해서 혹은 돈을 벌기 위해서 노래를 하는 것이 아니라, 내 영혼이 기뻐하고 가치 있고 보람된 일을 하기 위해 노래하는 거야."

"너 정말 미친 거 아니야? 도대체 뭘 하겠다는 건지 모르겠어."

"당분간 우리 교회에서 계속 찬양을 할 거야. 내년 봄까지 찬송을 부르기로 약속했으니까. 그러면서 평일에는 렉탱글 아래쪽에 있는 '백십자회'에서 찬양을 할 거야."

"레이첼, 제정신으로 하는 소리니? 그곳에 어떤 인간들이 우글거리는지 알고서 하는 소리야?

"나도 잘 알아. 엄마! 바로 그런 이유 때문에 내가 가려는 거야. 몇 주 전부터 그레이 전도사님과 사모님이 렉탱글에서 봉사활동을 하고 계신대. 그 모임에서 예배를 도와줄 만한 찬양대 출신을 구한다는 것을 오늘에서야 알았어. 그래서 난 그분들과 함께하기 위해 그곳에 가기로 결정했어. 엄마! 지금까지 우리가 가난하고 몸이 아픈 어려운 사람들을 위해, 아직 예수님의 사랑을 모르는 사람들을 위해 무엇을 했어? 그 사람들을 사랑하지도 않고 관심조차 없었잖아. 그리고는 이 세상의 즐거움과 행복을 좇아서 살았잖아. 그래서 난 한 번쯤 내 모든 것을 바쳐 예수님이 기뻐하시는 일을 하려는데, 그게 잘못이야?"

"너, 지금 이 엄마를 가르치려는 거야?"

레이첼은 어머니와 이야기를 나누고는 마음이 아팠어요. 레이첼은 자기 방으로 들어가 무릎 꿇고 기도를 하고는 결심을 굳혔어요.

"엄마, 엄마도 알지. 버지니아 삼촌인 우리 동네 의사 웨스트 아저씨, 그 아저씨하고 렉탱글로 봉사하러 갈 거야. 엄마, 미안해. 난, 난……예수님과 약속을 했어. 난 꼭 가야 해."

"레이첼, 왜 좋은 기회를 버리고 그런 고생을 하려고 하는지 난 이해할 수가 없구나." †

렉탱글은 레이먼드 시에서 제일 가난한 사람들이 모여
사는 곳이고, 또 술집과 도박장과 불결한 여관과 많은 공
장 중에 철도공작소와 수화물 취급소가 있는 곳이었어요.
이곳은 아주 지저분하고 더러웠어요. 게다가 욕을 많이 하
고, 술에 취해 있거나 싸움을 하는 사람들이 많았죠. 여러
교회에서 이곳을 바꿔보려고 목사들과 전도사들을 보냈지
만 아무 소용이 없었어요. 그런데 이곳에서 예수님을 전하
고 어려운 사람들을 도와주는 백십자회에 레이첼이 봉사
하겠다고 온 거예요.

밤 9시가 넘어서 파워즈 소장은 집으로 가고 있었어요.
그런데 어디선가 많이 듣던 아름다운 찬양소리가 들려왔
어요.

'많이 듣던 아름다운 목소리네. 찬송을 부르는 저 목소

리는 레이첼의 목소리 같은데……. 그럼 레이첼이 저 백십자회 전도모임에 왔다는 말인가?'

한편, 백십자회 그레이 전도사가 맥스웰 목사를 찾아왔어요.

"목사님의 도움이 필요해서 이렇게 급히 찾아왔습니다. 그저께와 어젯밤에 레이첼의 아름다운 찬양 소리가 내가 생각한 것보다 훨씬 많은 사람들을 천막 안으로 몰려들게 하였고, 또 들어설 틈이 없을 정도였습니다."

"저도 그 소식을 들었습니다."

"그녀의 아름다운 목소리는 저에게 전도를 할 수 있는 큰 용기를 주었습니다. 제가 목사님을 뵈러 온 것은 오늘 밤에 저희가 있는 곳으로 오셔서 설교해 주실 수 있는지 부탁드리기 위해서입니다. 저는 심한 목감기로 제대로 설교할 수 없습니다. 바쁘시더라도 제발 거절하지 말아 주십시오."

"수요일 밤엔 저희 교회도 예배가 있지만 시간을 조정해서 꼭 가겠습니다."

그레이 전도사는 맥스웰 목사의 승낙에 너무나 감격하여 눈물을 흘렸어요. 맥스웰 목사와 그레이 전도사는 함께 손을 모으고는 렉탱글을 위한 구원과 전도를 위해서 눈물을 흘리면서 기도하였어요.

맥스웰 목사는 수요예배를 마치고 교인들 20여 명과 함께 렉탱글에 있는 백십자회의 천막으로 갔어요. 천막 안에는 많은 사람들이 모여 있었어요. 모인 사람들은 그레이 전도사가 아니라 멋지게 차려입은 사람이 강단에 앉은 걸 보고는 수군거렸어요.

"저 사람이 대체 누군데 저 위에 올라가 있는 거야?"

"제일교회 목사래."

"뭐, 제일교회? 부자들이 다니는 그 교회 목사야? 저 사람이 왜 왔어?"

"저놈을 당장 끌어내."

"아니야! 높은 분이 오셨는데 기회를 줘야지. 어이~ 목사, 노래나 한 곡 하시지 그래?"

"맞아. 맞아. 오랜만에 한번 즐겁게 놀아보자고요."

갑자기 어수선해지니까 맥스웰 목사는 설교를 할 수가 없었어요. 맥스웰 목사는 레이첼에게 말했어요.

"찬양 한 곡 불러 줘요. 자매라면 이 사람들을 조용히 시킬 수 있을 것 같아요."

레이첼은 정성을 다해 찬양을 했어요. 그 소리에 사람들은 조용해졌어요. 맥스웰 목사는 이런 생각을 했어요.

'역시 아름다운 목소리야! 저렇게 거친 사람들이 레이첼의 찬양으로 조용해지다니, 믿을 수가 없구나! 모든 사람

이 넋이 나간 것처럼 감동 받고 있어.'

찬양이 끝나고 맥스웰 목사가 설교를 하였더니 모든 사람들이 조용히 들었어요.

예배가 끝나고 사람들은 각자 집으로 돌아갔어요. 목사 일행도 그곳을 떠나 집으로 돌아가면서 이야기를 나누었어요.

"이곳은 정말 지독한 곳이야. 타락과 부패로 상처 입고 곪아 썩어 가는 줄을 미처 깨닫지 못했어요."

"먼저 이 땅의 기독교인들이 술집을 없애기 위해서 어떠한 반대 운동도 하지 않았다는 겁니다. 오히려 술집을 허가하는 일에는 침묵을 지켜왔죠. 그럼, 예수님이라면 부패와 죄악의 근원이 되는 술 문화를 그냥 보고만 계셨을까요? 아니면 술집 운영에 반대하는 설교와 행동을 하셨다면 사람들로부터 호응을 얻었을까요? 죄의 근원이 되는 술을 마시는 걸 그냥 인정하고 세금을 거둬들이면 그만이라고 생각하는 기독교인이 있다면, 만일 교인들 자신이 술집을 운영하거나 자신의 재산 일부를 술집 하는 데 세를 내어준다면……. 예수님이라면 이런 행위를 좋아하셨을까요?"

"어려운 문제네요. 예수님의 뜻을 아는 기독교인이라면 그런 일에 눈을 감는 사람이 되지는 않았을 텐데……."

"레이먼드 일보사가 제정신이 아닌 것 같아. 사회적으로

49

나쁜 광고와 일요일판을 없앤 것도 놀라운 일인데, 정치인들을 상대로 과감하게 비판한 기사는 정말 충격적이야. 그동안 레이먼드 일보사는 집권당이 행하는 모든 일을 무조건 신뢰하고 지지해 왔는데, 이제는 잘못된 정책은 비판하겠다고 정치인들을 상대로 싸움을 걸었으니 앞으로 어떻게 전개가 될지 무척 궁금해져. 만약 레이먼드 일보사의 의지대로 정치인들의 압력에도 굴하지 않고 개혁에 성공한다면, 문제가 되는 정책은 시정이 되고 부패한 정치인들은 비판받고 자기 자리에서 물러나고 말겠지. 신문사의 개혁 의지를 지켜보자고. 신문사의 개혁대로 된다면 우리나라 신용 등급도 좋아지고 부패가 없는 살기 좋은 나라가 되겠지. 지금으로서는 실현 불가능한 꿈같은 이야기지만 말이야."

그런데 레이먼드 일보의 개혁 의지에도 신문을 보던 사람들은 날마다 줄어만 갔어요. 노먼 사장은 자신이 약속한 대로 충실히 이행하고 있었어요. 그런데 회사가 경제적으로 어려워지니 그것이 걱정이었어요. †

09 예수님이 사장이시라면

철도공작소 현장 소장인 파워즈는 회사에 정식으로 사표를 제출했어요. 철도공사가 그동안 법을 어겨가며 부당한 이익을 챙긴 것에 양심을 속이고 모르는 체할 수 없어서, 불법 행위에 대한 서류를 조사 위원회에 제출하고 사표를 낸 거예요.

이에 대한 신문기사를 보고 맥스웰 목사는 서둘러 파워즈 소장을 만나러 갔어요. 회사가 법을 어겼으니 마땅히 처벌을 받아야 하지만, 그렇다고 사표까지 낼 필요가 있을까 생각했어요. 하지만 파워즈 소장은 맥스웰 목사에게 말했어요.

"목사님. 저요, 고민 많이 했습니다. 직장 동료들과 가족들이 저를 어떻게 생각할까 걱정도 많이 했습니다. 하지만 자꾸 '예수님이라면 어떻게 하실까' 하는 생각이 들었습니

51

다. 회사가 큰 잘못을 하고 있는 걸 뻔히 알면서 모르는 척 할 수가 없었습니다."

"직장을 구하기도 쉽지 않은데, 사표를 냈으니 아마 파 워즈 집사님에게 어려움이 많을 겁니다. 힘을 내세요. 우 리 하나님이 집사님을 도와주실 겁니다."

집으로 돌아온 맥스웰 목사는 파워즈 소장을 위해 간절 히 기도했어요.

약속을 지키기로 맹세한 사람들은 날이 갈수록 예수님 께서 원하시는 대로 살았어요. 맥스웰 목사는 약속을 지키 는 사람들을 찾아다니며 위로하고, 칭찬하고 기도를 해주 었어요. 맥스웰 목사가 만난 사람마다 약속을 잘 지켜나갔 어요. 이를 보면서 목사도 굳게 결심하였어요.

'이제 때가 된 것 같구나. 나도 이제 술집 운영 허가를 반대하는 설교를 해야겠어. 사람들이 반대하고 나에게 모 욕을 준다고 해도 밀고 나가야겠어.' †

10 힘들고 지친 사람들이 모인 곳

여전히 토요일 밤에는 렉탱글에서 전도 집회가 열렸고, 조금씩 변화가 일어나기 시작했어요. 사람들은 레이첼의 찬양을 들으려고 모여들곤 하였어요. 여기저기서 사람들의 이야기가 들려왔어요.

"제일 좋은 자리에 앉아야 레이첼의 찬양을 잘 듣지."

"맞아. 그렇지. 빨리 가자고!"

이를 지켜본 그레이 전도사는 생각했어요.

'사람들이 아직도 술렁거리긴 하지만, 예배를 드리는 태도가 많이 변했어.'

오늘 사람들은 그레이 전도사가 전하는 말씀을 조용히 잘 들었어요. 말씀이 끝나자 레이첼이 찬송가를 불렀어요. 예배가 끝난 후 여기저기서 사람들이 자기 잘못을 뉘우치면서 말했어요.

"저⋯⋯, 저는 죄인입니다."

그럴 때마다 그레이 전도사는 한 사람, 한 사람 안아 주고 기도했어요.

"어서 오십시오. 주께선 당신의 죄를 사하여 주실 겁니다."

"전도사님, 저도 죄인입니다."

"저는 더 죄인⋯⋯. 아주 악한 죄인입니다."

"전도사님! 저도 죄인입니다. 저도 죄를 용서받을 수 있습니까? 나쁜 짓을 너무나 많이 했는데도 용서받을 수 있을까요?"

"일어나세요, 형제님! 예수님을 믿고 마음에 모시면 모든 죄를 용서받고, 죄에서 자유로울 수 있어요."

"전도사님, 저 같은 술집 여자도 죄를 용서받을 수 있나요?"

"예수님을 믿고 영접하면 모든 죄를 용서받을 뿐 아니라 상처입은 마음도 치료받을 수 있어요."

"아! 정말인가요?"

"그럼요. 예수님은 어느 누구도 미워하시지도, 차별하시지도 않아요."

"저, 정말 저 같은 술집 여자도 죄를 용서받을 수 있단 말인가요?"

"그럼요. 용서하세요."

"전 그동안 너무 많은 죄를 지으면서 방탕하게 살아왔어요."

"울지 말아요. 울지 말아요."

"저도 이제부터 술을 절대로 마시지 않겠어요. 용서하여 주십시오."

레이첼은 이 모습을 보면서 감격스러웠어요. 그런데 말쑥한 차림의 청년도 자기 죄를 인정하였어요.

"예수님, 저도 죄인입니다. 그동안 주님을 믿는다고 하면서 방탕하게 살아왔습니다. 이제부터 예수님이 원하시는 대로 살겠습니다."

레이첼은 이 목소리에 깜짝 놀랐어요. 이 사람은 바로 친구 버지니아의 오빠 롤린이었어요.

렉탱글의 집회는 9시쯤 끝났지만, 그레이 전도사는 밤 11시가 넘도록 잘못을 인정하고 회개한 사람들과 이야기하고 기도를 하였어요.

전도모임이 마친 후, 레이첼과 같은 교회를 다니는 유명한 소설가 체이스와 함께 걸어갔어요. 체이스는 오래전부터 레이첼을 남몰래 혼자서 좋아하고 있었어요. 체이스는 단둘이 있는 이 시간에 레이첼에게 사랑을 고백했어요.

"레이첼, 이제 더 이상 내 마음을 숨기지 않겠소. 난 당신을 사랑하고 있소."

이 말을 들은 레이첼은 너무도 당황스러워 뭐라고 말을 해야 하나 주저하다가 이렇게 말했어요.

"어, 어째서 그런 고백을 오늘 밤에 하는 거예요? 오늘 밤 우리는 많은 사람들이 자기 죄를 고백하고 용서받는 감격스러운 광경을 목격했어요. 그런데 하필이면 오늘 밤에 그런 고백을 하다니……. 죄송하지만 저는 받아들일 수가 없어요."

"내가 고백한 게 잘못인가요? 레이첼, 당신은 절 좋아하지 않나요? 아니면 저의 사랑이 무슨 문제가 있다는 말인가요?"

"아니에요. 모든 일에는 적당한 때가 있는 것 같아요. 오늘 밤은 하나님의 사랑을 보고 들은 날인데, 당신의 고백을 들으니 당황스러워요. 죄송해요. 당신의 고백에 아무런 대답도, 설명도 할 수 없어요. 당신은 오늘 밤에 그런 말을 하지 말았어야 했어요."

집에 돌아온 레이첼은 곰곰이 체이스의 사랑 고백을 생각해 보았어요.

'사실은 오늘 밤 체이스가 나에게 사랑 고백을 할 것이라고 예상했는데, 왜 나도 모르게 그가 싫었던 걸까? 그러고 보니 오늘 밤 체이스는 사람들이 자기 죄를 뉘우치고

회개하는 감격스러운 것에 감동받은 것이 아니라 오직 내 모습에 감동받고 있는 표정이었어.'

이런 일들이 벌어지면서 레이먼드의 시민들은 도시 이 곳저곳에서 잘못된 것을 고치고, 옳은 일을 하려는 결심들 이 퍼져 나가는 것을 느낄 수 있었어요.

철도공사가 법을 어기는 것을 신고한 파워즈의 행동은 많은 사람들에게 충격을 주었어요. 그리고 레이먼드 일보 사의 노먼 사장의 개혁과 매우 가난하고 지저분한 사람들 이 모여 사는 렉탱글에서 있었던 놀라운 전도집회에서 많 은 사람들이 자기 죄를 깨닫고 죄인이라고 회개한 사건, 레이첼이 유명한 오페라단에 들어갈 수 있는 기회를 거절 하고 백십자회 전도모임과 함께 렉탱글에서 찬양을 하는 것은 사람들에게 충격적인 이야기들이었어요. 버지니아도 부자들의 친목회에서 품위 있는 부자로 남들의 부러움을 받고 있었는데, 그녀가 렉탱글의 전도집회에 참여한다는 소문이 나자 사람들은 놀라고, 이해하기 어렵다고 생각했 어요.

맥스웰 목사도 유명한 신학대학원을 나온 사람으로, 부 자들과 지식인들이 모이는 교회 목사답게 전에는 풍부한 교양을 바탕으로 마치 유명 아나운서처럼 세련된 말과 또 박또박 말하는 설교로 교인들에게 감동을 주었는데, 이제는 설교가 달라졌어요. 많이 공부하고, 책을 많이 읽고, 말씀을 또박또박 전하는 것보다는 최선을 다해서 하나님의 말씀이 잘 드러나도록 하기 위해서 자신을 드러내지 않았어요. 기도 또한 말 잘하는 사람처럼 하는 것이 아니라, 그저 하나님께 솔직하게 말씀드리는 기도를 했어요. 이런 맥스웰 목사의 설교와 기도에 교인들은 더 감동을 받았어요.

그런데 맥스웰 목사가 단 한 번도 하지 않았던 술집에 반대하는 설교를 시작했을 때는 사람들의 반응이 두 갈래로 갈라지게 되었고, 정치인들도 매우 난처해졌어요. 왜냐하면 교인들 중에는 자기는 술을 안 마시지만, 자기 건물에 술집을 하도록 빌려 주어 돈을 받는 사람들이 있었거든요. 술집은 장사가 잘되어 돈을 많이 주니까 건물 주인인 교인들도 돈을 많이 벌고 있었고, 정치인들은 술을 팔아 돈을 버는 사람들에게서 도움을 받았기에 술집을 반대하기 어려웠어요.

그러나 맥스웰 목사는 힘차게 술집을 반대하는 설교를 했어요.

"술은 가난한 사람, 힘들고 괴로운 사람, 사업가, 정치인 등 모두에게 아주 나쁜 것입니다. 그러니 술을 팔 수 있도록 허가를 해서는 안 됩니다. 이건 아주 큰 죄입니다."

이렇게 맥스웰 목사가 술집을 운영하는 것에 대해 교인

들이 이야기했어요.

"목사님이 어쩌자고 저러시지? 그냥 전처럼 어려운 문제는 빼고 설교하시면 되는데……. 자꾸 술을 반대하는 설교를 하시니 걱정이야. 술 때문에 사람들이 죄를 짓는 것을 보면 없애야 하는 건 당연한데, 술장사를 하는 사람이나 술을 좋아하는 사람들의 반발이 심하니 이를 어떻게 해."

렉탱글에서 시작된 전도와 회개운동이 서서히 퍼져 나가고 있었어요. †

11 아는 것을 실천하는 운동

레이먼드 시에 있는 링컨대학교 마쉬 총장은 맥스웰 목사의 설교를 통해 자신이 무엇을 해야 할지 알게 되었어요. 마쉬 총장은 대학교에서 제일 높은 자리에 있었고, 학생들에게 바르게 사는 것에 대해서 가르치기도 하면서 행복하게 사는 것에 만족하며 살았어요. 그런데 예수님이라면 뭔가 좀 더 가치 있는 일을 하실 거라고 생각하면서 기도하기 시작했어요. 그리고는 결심했어요.

'그래, 내가 짊어지고 나갈 십자가를 이제야 찾았어. 무겁기는 하겠지만, 예수님이라면 반드시 하실 것을 해나갈 거야. 나는 지금까지 우리 시의 공무원들이 시민들의 생활에는 전혀 신경 쓰지 않고 제멋대로 처리하는 것을 그냥 보고만 있었어. 잘못을 알면서도 내 일이 아니니까 그냥 모른 체한 거야. 하지만 이제는 진행 중인 우리 시의 선거

60 예수님이라면 어떻게 하실까

에도 적극적으로 뛰어들어 훌륭한 사람이 후보가 되고 선출되도록 최대한 노력할 거야. 또 시민을 속이고 뇌물을 받고 정치적으로 속임수를 쓰는 후보자들을 가려내어 그들의 나쁜 점을 알려서 시민들에게 공정한 투표를 할 수 있도록 하고, 이 사람들에 대한 반대 운동도 할 거야. 예수님이 분명히 말씀하셨어. 너의 양심에 따라 마땅히 해야 할 의무를 다하라.'

마쉬 총장은 이런 생각을 맥스웰 목사에게 말했어요. 이 말을 들은 맥스웰 목사는 마쉬 총장의 손을 잡고 말했어요.

"맞아요. 저도 같은 생각입니다. 저도 뭔가 다른 일을 할 것입니다."

"아니, 목사님은 지금까지 잘해 오시고 계시는데, 또 다른 일을 하신다니요?"

"예, 저는 지금까지 돈 많고 똑똑한 사람들이 다니는 교회 목사로서 설교를 했어요. 그런데 '예수님이라면 어떻게 하실까?'라고 생각해보니, 이렇게 편하게 지내는 목사는 옳지 않은 것 같습니다. 힘들더라도 제가 짊어질 십자가를 져야 한다는 걸 알았습니다. 저는 못 배우고, 가난하고, 싸움투성이인 렉탱글에 가서 열심히 전도하고 그 사람들을 돕는 데 최선을 다하려고 합니다. 총장님은 거짓말과 부정

부패로 타락한 우리 시를 개혁하는 데 힘쓰시고, 저는 약하고 병들고 고통 받는 사람들을 위해 일하겠습니다."

"목사님, 저도 열심히 힘쓰겠습니다. 이미 서약한 교인들과 힘을 합하여 우리 시가 바르게 되도록 할 겁니다. 모두가 함께하면 그 힘이 더 강해질 겁니다. 교회와 교인들이 힘을 합하여 큰 단체를 만드는 것은 어떨까요? 이런 단체를 통해 여럿이 함께 조직적으로 술과 부정부패에 대항하여 싸운다면 더 좋은 결과가 나올 겁니다."

"그거 좋은 말씀입니다. 그렇죠. 정의로운 사회를 만들기 위해서 단체를 만들어 힘 있게 활동하면 높은 사람들이나 정치하는 사람들도 우리를 무시하지는 못할 겁니다. 이왕 예수님께서 원하시는 일을 하는 거, 보다 분명하게 계획을 세우고 확실하게 용기를 내어 힘을 발휘해야 하지 않겠습니까?"

"목사님, 말이 나온 김에 기독교 단체를 만들어 대대적인 캠페인을 해야 합니다. 마침 예비 선거가 얼마 남지 않았습니다. 예비 선거가 치러지기 전에 만드는 것이 어떨까요?"

"좋습니다. 바로 시작하죠."

마침내 예비 선거가 시민회관에서 공개적으로 열렸어요. 이번에도 언제나 그랬던 것처럼 여기저기에서 서로 욕하고 나쁜 소문을 내는 모습이 벌어졌어요.

 "여러분, 오늘은 우리 시를 위해 충실히 일하실 분들로 선거에 출마할 후보자를 발표하겠습니다. 지명된 후보자님들 중에 앞으로 우리 시를 이끌어 갈 시장, 시의원, 교육의원이 될 분들이 있습니다. 후보자들을 발표하기에 앞서 기독교인들의 요청에 의해 링컨대학교 마쉬총장이 연설을 하겠습니다."

 마쉬 총장은 강단에 올라 충격적인 연설을 하였어요.

 "여러분! 우리 시를 위해 일할 공직자 대부분은 그동안 자신이 맡은 일을 충실히 하지 않았습니다. 어떤 공직자는 세금과 시민의 재산을 자신의 것처럼 멋대로 사용하고, 또 자기 맘대로 일을 처리하여 시민들에게 불편을 주었습니다. 어떤 공직자는 잘못된 것을 없애는 데 앞장을 서야 하는데, 오히려 부패한 행위를 하도록 도와주고, 뇌물을 받고는 허가를 해주었습니다. 여기 모인 후보자들은 대부분 제가 알기로는 부자나 공부를 잘한 사람들로, 어려운 사람들을 돌본 적도 없습니다. 그리고 이들 중에서 몰래 죄를 짓고, 법을 어기며 살아온 사람들이 있습니다. 그런데 이들은 정당에만 잘 보여 추천을 받았습니다. 그러니 이들은 시민들을 위해 일하는 것보다 정당에 잘 보이려고 일할 사람들입니다. 그래서 저는 저와 뜻을 같이하는 사람들과 함께 이런 사람들을 찾아내어 선거에서 당선되지 않도록 할 것입니다."

이 소리를 들은 정당에서 나온 사람들과 후보자들을 지지하는 사람들이 소리쳤어요.

"그걸 연설이라고 하냐! 시민들을 충동질하지 마라. 그냥 대학에서 학생들이나 가르쳐라. 너희 기독교인들은 조용히 교회에서 예배만 드려라."

이에 맥스웰 목사가 말했어요.

"조용히들 하세요. 지금까지 공직자들이 부패한 삶을 살아온 것은 사실이지 않습니까? 시민들의 새로운 개혁운동을 지지합시다. 타락의 원인이 되는 술집을 없애버리고 부패한 후보자들을 뽑지 맙시다."

"야, 이놈아! 설교를 할 거면 조용히 교회에서나 할 것이지 왜 가만히 있는 우리를 범죄자로 몰아?"

급기야 사람들은 마쉬 총장님과 맥스웰 목사 일행에게 욕을 하고, 나눠 준 책자를 던졌어요. 이렇게 해서 시민회관에서 벌어진 후보자 대회는 엉망이 되어버리고 말았어요. †

토요일 오후, 버지니아는 자신의 계획을 이야기하려고 레이첼을 만나러 막 집을 나서려는데, 친구들이 음악회에 가자고 찾아왔어요. 버지니아는 친구들에게 제안을 했어요.

"우리 음악회에 가는 것보다 렉탱글에 가보는 것이 어떨까?"

"거긴 몹시 더럽고 고약한 냄새가 나는 곳이잖아."

"그래도 한번 가보자. 말로만 듣던 렉탱글이 어떤 곳인지 알고 싶어."

"경찰을 한 명 데리고 가는 게 낫지 않을까? 아무래도 그곳은 위험하다고 들었어."

"걱정하지 마. 위험하지 않아."

"버지니아! 너 요즘 레이첼과 어울리면서 하나님을 믿으라고 친구들을 설득한다면서. 좀 우습지 않니?"

"너, 하나님을 믿으라고 말하는 것이 우스워 보이니?" 버지니아와 친구들은 이런저런 이야기를 하면서 렉탱글로 향했어요.

"야, 렉탱글은 듣던 대로 정말 지저분한 곳이구나! 사람들도 거칠게 보이고, 옷차림도 지저분해 보이고!"

"그만 가자, 더 이상 볼 것도 없을 것 같네."

"맞아. 너무 지저분해."

이런저런 이야기를 하다가 일행은 렉탱글에 도착했어요. 차에서 내리자마자 술에 취한 여자가 비틀거리면서 쓰러졌어요. 이를 본 버지니아는 재빠르게 뛰어가서는 그 여자를 부둥켜안았어요.

"로린, 이게 무슨 일인가요?"

"누⋯, 누구세요?" 여자는 버지니아를 쳐다보았어요.

"너희는 먼저 가. 난 이분을 집에 바래다줘야겠어."

"아니야. 우리가 도와줘야 되지 않니. 혼자서 부축하기 힘들 거야."

"괜찮아, 나 혼자 할 수 있어. 여러분, 이 아가씨의 집이 어디 있는지 아시는 분이 있나요?"

"어차피 난 지옥에나 갈 거니까 신경 쓰지 마세요! 악마가 지옥에서 날 기다리고 있잖아요. 난 지옥에 떨어질 게

뻔하단 말이에요!"

여자는 버지니아를 보고 소리쳤어요. 하지만 버지니아는 여자를 안고 말했어요.

"로린! 당신은 지옥에 떨어지지 않아요. 두려워하지 마세요. 예수님은 당신의 고통을 아시고 당신을 지옥에서 해방시킬 거예요."

"정, 정말 그럴까요? 예수님께서 절 구원해 주실까요?"

"로린! 우선 그레이 전도사님이 사시는 집으로 가요."

친구들은 이런 버지니아를 보면서 수군댔어요.

"버지니아는 왜 저런 고생을 사서 하는지 모르겠어."

버지니아는 로린을 부축하였고, 친구들은 그 뒤를 따랐어요.

버지니아는 다행히 그레이 전도사의 집을 찾아냈어요. 버지니아는 한숨을 몰아쉬고는 들어가려고 하는데, 그 집 주인이 가로막았어요.

"지금 전도사님이 안 계시니 들어갈 수 없습니다."

"지금 전도사님이 안 계셔서 들어갈 수 없다고요?"

"그래요. 만약 물건이 하나라도 없어지기라도 하면 내가 다 책임을 져야 하잖아요. 그러니 전도사님이 오시면 그때 다시 오셔요."

하는 수 없이 버지니아는 그 여자를 자기 집으로 데려가기로 했어요. 그 말에 어이없다는 듯 친구가 말했어요.

"저 여자는 술집에서 일하는 여자잖아. 그런데 너희 집에 데리고 가겠다니 말도 안 돼."

지나가던 술 취한 사람들의 말도 들렸어요.

"멀쩡하게 생긴 저 여자들은 누구야? 예쁜데? 옷도 멋지고……. 이봐, 아가씨들, 그 여자는 그냥 두고 우리하고 술이나 한잔하면서 놀다 가는 게 어때?"

"그래, 이리 와서 우리하고 재미있게 놀자."

버지니아는 이런 말에 아랑곳하지 않고 택시를 불러 로린을 데리고 자기 집으로 갔어요.

마침 집에 계신 할머니는 기가 막혔어요.

"이렇게 막돼먹은 여자를 우리 집에 데리고 온 거냐?"

"할머니, 로린과 저는 친구예요."

"뭐라고, 이런 여자가 네 친구라고?"

"예, 친구예요."

"뭐라고? 너 정말 제정신이냐? 저 여자가 어떤 여자인지 알기나 해!"

"할머니가 말씀 안 하셔도 잘 알고 있어요. 이 친구는 지금 술에 취해 있지만, 그래도 하나님이 사랑하시는 소중한 딸이에요. 전 이 친구가 무릎 꿇고 진심으로 하나님께 회개하는 것을 보았어요. 그리고 악마가 이 친구를 지옥으로

끌고 가려는 것도 보았어요."

"애야, 그건 말도 안 돼. 하나님의 딸이 되었으면 몸가짐도 바로 하고, 모범적인 생활을 해야지, 술에 빠져 살다니……. 하나님의 딸이 되었다는 걸 난 믿을 수가 없어. 너이 세상 사람들에게 다 물어봐라. 술이나 퍼마시고 술집에서 일하는 여자와 친구라니, 누가 그걸 믿겠어. 우리 집안은 품위 있는 상류층 집안이고 또 권위있는 사람들과 좋은 관계를 맺고 지내는데, 네가 바보같이 우리 집안에 먹칠하는 철없는 짓을 하고 다닌다니……. 한심하고 기가 막혀서 말이 안 나온다. 너의 철없는 행동 때문에 우리 집안은 사람들로부터 손가락질당하고 비웃음을 받을 거야. 아무 생각 없이 그냥 무턱대고 일을 저지르면 어떻게 해! 너 왜 이렇게 한심해졌어! 차라리 저 여자와 우리 가족을 위해 알코올 중독자 보호소 같은 데로 보내. 돈은 내가 얼마든지 줄 테니까! 그렇게 하면 너는 좋은 일을 해서 좋고, 우리 집안에도 좋잖아."

"죄송해요. 할머니, 저 친구를 그렇게 할 순 없어요. 사람들에게 잘 보이려고 보내는 것이라면 더더욱 그럴 수 없어요."

"괘씸한 것 같으니! 내가 널 어떻게 키웠는데……. 그래, 네 마음대로 해. 내 말대로 안 하겠다면 내가 이 집에서 나

가겠다. 넌 이 할머니보다 술 취한 저따위 여자가 더 좋단
말이냐. 명심해라. 네가 저따위 여자 때문에 이 할머니를
집 밖으로 쫓아냈다고 사람들이 욕할 거야." †

할머니는 곧바로 짐을 싸서는 집을 나가버리셨고, 롤린은 급하게 할머니를 찾아서 기차역에 가 보았지만 벌써 할머니는 떠나고 말았어요.

"오빠, 왜 혼자 돌아와?"

"역에 가 보았지만 남부로 가는 열차는 이미 떠난 뒤였어. 할머니가 기차를 타고 떠나셨는지 알 수는 없지만, 친구 말이 할머니가 매우 화가 나신 표정으로 남부로 가는 기차를 타시는 걸 보았대."

"오빠, 나 때문이야. 다른 방법을 찾아볼 생각은 안 하고 고집만 피웠으니……."

"너무 걱정하지 마. 남부에는 우리 친척들이 많이 사니까 걱정 안 해도 될 것 같아. 그 불쌍한 아가씨가 너의 보살핌에 달려 있다는 걸 나도 알고 있어. 사실 지금까지 우리 부자들은 불쌍한 사람들을 모른 체하면서 살았어. 이건 정말 잘못이야. 예수님이라면 아마 너처럼 하셨을 거야."

다음날, 버지니아의 요청으로 의사가 와서 로린을 치료해 주었어요.

"술 가지고 와, 술! 나 술이 없으면 죽는단 말이야."

"로린! 힘들고 어려워도 이겨내야 해요."

"평소에 너무 술을 많이 마셔서 알코올 중독 증세로 정신 착란증을 보이는 것입니다. 지금으로서 로린에게 해줄 수 있는 건 안정을 취할 수 있도록 보살펴 주는 것밖에 없습니다."

버지니아가 의사의 말대로 로린을 위해 간절히 기도하고 정성껏 간호한 덕분에, 로린은 다시 건강해졌어요. 이제는 술도 끊고 좋은 일을 하기로 약속했어요. †

맥스웰 목사와 사람들은 거리를 다니면서 바르게 선거할 것과 술을 팔지 못하게 하자는 운동을 펼쳐나갔어요. 그러던 어느 날, 이 일행을 가로막는 험상궂은 사람들이 나타났어요. 이 사람들은 술을 마셨는지 얼굴이 벌겋게 달아올랐고, 하나같이 몽둥이를 지니고 있었어요. 보기만 해도 무서웠어요.

"왜 우리를 막는 겁니까?"

"그걸 몰라서 그래? 너희 기독교인들은 그냥 조용히 너희끼리 교회에서 예배나 잘할 것이지, 왜 교회 밖으로 나와서 야단이야! 너희가 교회에서 뭐 한다고 우리가 방해한 적 있어? 너희는 너희끼리 잘 살고, 우린 우리끼리 잘 살면 되잖아. 우리가 너희더러 술을 마시라고 안 하잖아. 예배 방해도 안 하고. 그런데 왜들 난리야. 우리나라는 자유민

73

주주의 국가야. 술을 팔든지 마시든지 알아서 할 일이지, 왜 못하게 한다는 거야."

"그렇지 않습니다. 술이 나쁜 건 다 아시지 않습니까? 나쁜 걸 막자는 겁니다."

"뭐야! 도저히 말로 해선 안 되겠군. 우리 말 안 들으면 가만 안 둘 거야."

"폭, 폭력은 안 됩니다. 따질 일이 있으면 말로 하세요. 폭력은 절대로 안 됩니다."

"폭력? 그래, 우리도 폭력을 싫어해! 그런데 네놈들이 먼저 말로 폭력을 해대잖아. 우리가 나쁜 놈들이라고."

"무슨 말인지 모르겠어요."

"뭐야! 못 알아들어? 이거 말로 해선 안 되겠어. 알아듣게 해주마. 저것들이 우리가 하는 말이 무슨 말인지 못 알아듣는 것 같으니까 확실하게 알아듣게 하자! 하나도 남김없이 마구 부숴 버리자."

마침 이곳을 지나던 청년이 맥스웰 목사에게 왔어요. 이 청년을 보고 마쉬 총장이 말했어요.

"잘 왔어. 그래, 우리가 참아야 하나? 저 사람들이 우리를 나쁜 사람들로 생각하고 있는데, 경찰에 신고해야 하지 않나?"

"총장님! 저 사람들은 술집을 운영하는 사람들입니다.

요즘 목사님이 술에 대한 반대 설교를 하고, 또 이 시에서 술집을 몰아내기 위해 운동을 펼치시잖아요. 그래서 저 사람들이 화가 나서 저러는 겁니다. 저 사람들의 행동을 말릴 방법은 지금으로선 없는 것 같습니다. 저 사람들은 화가 머리끝까지 나 있어요."

이 말을 들은 그레이 전도사는 가슴을 쳤어요.

'아, 이제야 조금 전도가 되고, 예수님의 사랑이 나타나는 줄 알았는데…… 이를 어쩐다?'

"저 사람들과 계속해서 싸운다면 정말로 큰일입니다. 경찰의 도움을 받으면 어떨까요?"

"그건 좋은 방법이 아닌 것 같군요. 경찰의 도움을 받으면 저 사람들과의 사이가 점점 멀어지고 말 것입니다. 지금으로선 저 사람들의 화를 달래고 거리를 좁히는 것이 우선인 것 같습니다."

"이를 어쩌지요? 술집을 운영하는 사람들의 거친 행동이 날마다 이어지자 이제 막 술을 끊은 사람들이 예전의 생활 습관으로 돌아가고 말았어요."

"오, 예수님, 이 나라에 악마 같은 술의 노예가 점점 늘어나고 있는 현상을 그냥 보고만 있으실 건가요? 예수님께 회개하고 돌아왔던 사람들이 다시 예전 모습으로 돌아가고 말았습니다. 예수님, 저희를 도와주세요."

사회의 지도자들도 사업 이익이 생기기 때문에 술집을 운영하는 사람들 편을 들었고, 또 조직적으로 단합하여 제일교회와 렉탱글의 백십자회를 괴롭혔어요.

마침내 토요일, 레이먼드 시의회에서는 '술집을 폐쇄하느냐, 아니면 술집을 계속 운영하느냐?'를 두고 투표가 벌어졌어요. 투표가 시작되자 술을 좋아하는 사람들은 술이 금지될까 봐 술을 마구 사들였기 때문에 술이 엄청나게 많이 팔렸어요. 시민들은 술을 없애야 한다는 사람들과 없애면 안 된다는 사람들로 나뉘어서 서로 싸우곤 했어요. 렉탱글에서도 사람들끼리 서로 말다툼을 하고, 욕을 하면서 싸우곤 했어요.

급기야 그레이 전도사의 백십자회 천막에 술 취한 사람들이 몰려들었어요.

"이놈들아! 왜 우리를 못살게 굴어?"

"전도사님, 빨리 이곳을 피하십시오."

"저 천막에서 나오는 사람은 가차 없이 매질을 합시다."

"여러분! 술집은 폐쇄되어야 합니다. 술은 우리의 마음을 병들게 하고 또 화를 내게 하고, 서로 싸우게 하는 아주 나쁜 것입니다. 그러니 반드시 술집은 없어져야 합니다."

"시끄러워! 이놈들아! 우리는 너희에게 잘못한 일이 없는데 왜 우리를 괴롭혀? 지금 당장 반대운동을 멈추지 않으면 우리도 가만히 당하고만 있지 않을 거야."

"우리는 술집이 없어지기 전에는 이 운동을 멈추지 않을 것입니다."

"여러분! 정말 말로는 해결될 일이 아닌 것 같습니다. 이제는 봐주지 말고 저들과 싸웁시다."

술집 주인들과 거기서 일하는 사람들이 기독교인들을 몽둥이로 때리기 시작했어요.

"어쩌지요? 어떻게 해서든지 이 싸움을 말려야 합니다."

"기어코 이런 일이 벌어지고 말다니……. 기독교인들이 많이 다치겠어. 경찰은 지금 뭘 하고 있는 거야!"

"경찰도 이 일에 대하여 어떻게 해야 할지 몰라 난처해하고 있어요. 술집 주인들이 기독교인들을 상대로 폭력을 휘둘러도, 화가 난 술집 주인들을 말리다가 그들에게 무슨 봉변을 당할까 두려워서 모르는 체하는 것 같아요."

'이 일이 정말 심각하게 되어가는구나! 우리가 원하는 대로 투표 결과가 나온다면……. 아, 정말 대책이 안 나오는구나. 무질서한 술집 주인들의 폭력을 막을 길이 없구나.'

그저 눈치만 보던 경찰이 다행히 늦게라도 와서 싸움을 말렸으니 망정이지, 그렇지 않았다면 많은 사람들이 큰 부상을 당했을 겁니다. 사람들의 폭력이 점점 심해져 가니 걱정이었어요.

"투표 마감시간인 6시가 다 되어가니 이제 렉탱글에 가서 선거 결과를 기다립시다. 이곳 시의회 투표장 앞마당에서 저들과 부딪쳐봐야 부상자만 생기고, 또 예수님은 우리가 싸우는 건 원치 않으실 겁니다."

이때 맥스웰 목사를 알아본 사람이 소리쳤어요.

"빨리 사람들에게 알려라. 저기 술집 반대 대장이 나타났다. 저 키가 크고 모자를 쓴 놈이 대장이다."

"맞아, 나도 저놈이 설치고 다니는 걸 본 적이 있다."

그때 한 사람이 급하게 달려와서 말했어요.

"여러분, 지금 투표 결과가 술집 폐쇄 쪽으로 확실한 것 같습니다. 이제 사회지도층이라고 으스대던 사람들과 술과 관련된 일을 하는 사람들이 힘이 빠지게 되었어요."

"오, 하나님! 정말 감사합니다. 정말 술집들이 문을 닫길 원합니다."

"목사님! 지금 기뻐하실 때가 아닙니다. 우릴 노리는 사람들이 있습니다."

"그렇군요. 자, 여러분, 여성분들을 먼저 빠져나가게 합시다."

"너희 기독교인들! 가만두지 않겠다. 여러분, 저것들을 혼내줍시다."

"레이첼, 내 뒤로 숨으세요. 빨리 나가셔야 합니다."

바로 그때, 누군가가 던진 술병에 로린이 맞아 피를 흘리면서 쓰러졌어요. 사람들은 놀라서 로린을 바라보았지만, 로린은 그만 죽고 말았어요.

"이러지 마십시오. 여기 한 아가씨가 당신들이 던진 술병에 맞아 죽었소. 약한 사람들을 상대로 싸우는 당신들은 모두가 살인자요. 자, 뭐든지 더 던져보시오. 이 나쁜 사람들 같으니라고!"

이 말에 술을 찬성하는 사람들도 놀랐어요.

"저, 정말 사람이 죽었단 말이야? 혹시 이곳을 빠져나가기 위한 거짓말은 아니야?"

그레이 전도사는 죽은 로린을 안고 사람들에게 소리쳤어요.

"이 더러운 거리에 사는 죄인들아! 더 이상 사람들을 죽이지 마라. 술집을 허가하고 인정하는 사람들은 언젠가 심판을 받을 것이다. 똑똑히 봐라. 너희가 죽인 아가씨다. 이제 막 술을 끊고 좋은 일을 하려고 한 아가씨다. 이래도 못 믿겠느냐?"

경찰들은 이번에도 늑장을 부리다가 모든 것이 끝난 다음에야 왔어요. †

예수님이라면 어떻게 하실까

다음날 주일, 맥스웰 목사는 어젯밤의 충격으로 제대로 설교를 하지도 못했어요. 교인들은 레이먼드 시 당국에서 결국 술집을 허가를 인정하는 쪽으로 결정했다는 사실을 뒤늦게 알게 되었어요.

"투표에 이겼다는 소문이 근거 없는 거짓이었어요. 시민들이 지도층과 상류층의 술수에 넘어가고 말다니…… 어떻게 이럴 수가 있단 말입니까? 우리 기독교인들도 술집을 허가하는 데 찬성표를 던졌다는 사실이 더 믿어지지가 않습니다. 한 아가씨를 살해한 사람들에게 표를 던져 주다니, 믿을 수가 없습니다. 술을 좋아하는 사람들은 술로 망할 것이며, 저들에게 표를 찍어 준 기독교인들은 책임을 면할 수 없을 것입니다."

노먼 사장도 울면서 말했어요.

"내가 우리 기독교인들의 양심을 너무 약하게 일깨워서 이런 일이 벌어진 겁니다. 좀 더 강하게 마음을 움직이는 신문을 만들었다면 그 불쌍한 아가씨가 술병에 맞아 죽지는 않았을 것입니다. 또 우리 기독교인들이 술집을 폐쇄하는 데 투표를 했을 것입니다. 제가 잘못했습니다."

다음날, 버지니아의 집에서 많은 사람들이 지켜보는 가운데 로린의 장례식이 치러졌어요. †

16 버지니아의 결심

버지니아는 로린의 죽음에 충격과 슬픔을 감추지 못했어요. 마치 자기 몸의 한 부분을 잃어버린 것처럼 마음이 아팠어요. 그것도 자기를 구하려다가 술병에 맞아 죽은 것이라 마음이 더 아팠어요.

버지니아는 레이첼을 만나서 이야기했어요.

"나와 롤린 오빠는 렉탱글에 땅을 많이 살 거야."

"갑자기 땅은 왜? 어떤 계획이라도 있는 거니?"

"지금 백십자회 천막이 세워져 있는 땅은 오랫동안 소송에 걸려 있잖아. 난 법원에서 판결이 나는 대로 그 땅을 사들이려고 해. 난 오랫동안 가난한 이 동네에 꼭 필요한 것이 무엇인지 조사를 해봤어. 우선 가난해서 제대로 공부를 못한 사람이나 공장에서 일하는 여자들을 위해, 또 로린 같은 술집 여자들이 마음 편하게 살 수 있는 집과 직업훈

련소와 직업소개소를 만들 생각이야. 난 단지 그런 사업을 할 수 있도록 돈만 대고, 전문가들이 기독교복지 사업을 이끌고 가야 한다고 생각해."

"버지니아, 너 정말 대단하구나. 난 상상도 못해 봤는데……. 아무튼 하나님이 너의 마음과 생각을 아시고 모든 일이 잘 추진될 수 있도록 인도하실 것을 믿어."

"그렇게 될 거야. 하지만 우리가 많은 돈을 들여 봉사하고 희생을 한다고 해도, 솔직히 이 도시에서 술이 법적으로 아무런 문제 없이 팔리고 술집이 번창하는 한 렉탱글 같은 추악하고 타락한 지역은 크게 바뀌지 않을 거야. 다른 데서도 마찬가지겠지만 말이야."

"네 말이 맞아. 하지만 언젠가는 우리 기독교인들이 승리할 날이 반드시 올 거야."

"나도 그렇게 될 것으로 믿어. 예수님의 발자취를 따르려는 사람들이 500명만 된다면 술집은 문을 닫게 될 거야. 레이첼, 네 목소리는 아무도 흉내낼 수 없는 놀라운 힘이 담겨 있어. 그래서 말인데 네가 좀 도와주었으면 해."

"맞아, 나도 어려운 아이들과 여자들에게 음악을 가르쳐 주고 싶어."

"맞아, 그거야! 너의 천부적인 재능을 발휘하여 그들에게 음악을 가르쳐서 오케스트라를 만들어 보는 것이 어때?

학원과 악기, 그 밖에 모든 비용은 내가 마련해 줄게. 너는 많은 사람들의 삶을 변화시킬 수 있잖아. 또 예수님께로 돌아오게 하고 회개할 수 있도록 하는 천부적인 재능이 너에게 있잖아."

"네가 그렇게만 해준다면 할게. 그렇게 하는 것이 나의 꿈이었어. 고맙다. 친구야! 넌 나에게 내 재능을 발휘할 수 있는 기회를 주었어."

"아니야. 우린 친구잖아."

레이첼이 가고 나서 버지니아와 롤린 남매는 이야기를 나누었어요.

"너, 정말 대단한 결심을 했구나. 그리고 천부적인 재능을 어려운 사람들을 위해 쓰겠다는 레이첼의 결심도 정말 대단해."

"맞아. 선뜻 그런 결심을 하긴 어려운데 말이야. 오빠, 예전처럼 레이첼에게 관심을 좀 가져 봐."

"무슨 말이야?"

"내 생각에는 오빠가 좀 부드럽게 대하면 좋은데, 딱딱하게 대하니까 좀 서운해 하는 것처럼 보였어."

"너, 혹시 내가 숨기고 있는 것을 눈치챈 것 아냐? 사실 난 이제껏 레이첼 이외에는 누구도 좋아해 본 적이 없어. 레이첼이 우리 집에 와서 오페라 단장의 제의를 거절하겠다고 말하던 날, 사실은 레이첼을 쫓아가서 좋아한다고, 결혼해달라고 말했다가 보기 좋게 거절당했어. 내가 아무런 목표가 없는 사람처럼 보인대. 사실 레이첼의 말이 맞아. 그때 난 삶의 목표가 없었어. 말하는 것도 생각 없이 말을 해서 사람들에게 상처를 주고, 행동하는 것도 예수님 안 믿는 사람들과 다를 것이 없고, 생각하는 것도 불량해서 사람들이 오해하게 했어. 사실 난, 레이첼이 렉탱글에서 찬양을 부를 때 그 모습에 감동해서 회개하고 뉘우치게 되었어. 지금은 새로운 사람이 되었지. 이제는 내 인생의 참된 목표를 갖게 되었지만, 그렇다고 이제 와서 레이첼에게 매달리고 싶지는 않아. 또 그녀는 체이스를 좋아하는 것 같아. 체이스도 레이첼을 좋아하는데 내가 그 두 사람 사이에 끼어들어 방해하면 안 되잖아. 그렇지만 난 변함없이 레이첼을 사랑하고 있어."

"오빠가 무뚝뚝했던 이유를 이제야 알겠어. 하지만 이제 걱정하지 마. 레이첼은 체이스의 청혼을 거절했대. 오빠가 회심하던 날 밤에 체이스의 행동에 실망을 했나 봐. 오빠가 예전과 같은 방탕한 삶을 살고 있다면 나도 오빠에게 이런 말 안 해. 그런데 지금 오빠의 모습은 몰라보게 변했어. 그리고 오빠는 레이첼과 인생목표가 같고, 또 잘 어울리는 한 쌍 같아."

"너, 너무 비행기 태우지 마라. 그건 너 혼자만의 생각이 야. 난 아직 멀었다. 그리고 내 마음을 레이첼에게 말하지 마라. 만약 또 레이첼에게 상처 주고 거절당하면 내 꼴이 더 우습게 될 것 같아."

레이먼드 제일교회에서는 예배를 마치고 나면 약속한 사람들의 숫자가 늘어나고 더욱 열심이었어요. 오늘도 그 들은 모여서 자신의 경험을 이야기했어요.

"전 그동안 구체적인 액수는 말씀드릴 수는 없지만 많은 손해를 입었습니다. 저희 신문을 읽는 사람도 줄어가고 있 습니다."

"노먼 집사님, 사람들이 신문을 중단하는 이유가 뭔가 요?"

"목사님! 그 이유는 사람들이 원하는 방식으로 글을 안 쓰기 때문입니다. 사람들이 좋아하는 건 범죄 사건, 프로 권투와 같이 싸우고 때리는 것, 연예인의 문제를 다룬 것, 유명한 사람이 무슨 실수를 하거나 잘못을 저지르는 것, 성적으로 사람들을 흥분시키는 것이에요. 이런 기사들을 많이 자세하게 실어달라는 겁니다. 그리고 제가 가장 크게 손해를 본 것은 신문에 광고를 받아야 하는데 광고를 내겠 다는 회사들이 줄어든 것과 정치가 바르게 되도록 제 생각 을 밝힌 것 때문입니다. 솔직히 말해서 계속 예수님께서 원하시는 대로 신문을 만들고, 또 정치적으로 바른 것을 쓰고, 남을 나쁘게 보는 걸 빼고 서로 칭찬하는 걸 쓰면 얼마 안 가서 우리 신문사는 망하게 될 것입니다."

"노먼 집사님, 예상은 했지만 이렇게 신문사가 망하는 건 안 됩니다. 예수님께서 원하시는 대로 하고는 망하게 되면 안 됩니다. 어떻게 방법이 없습니까?"

"글쎄요. 목사님, 저는 그동안 사람들이 좋아하는 신문으로 그저 재미있게 하려는 생각이 가득했습니다. 이제는 예수님이 원하시는 기독교 신문을 만들 것입니다. 그런데 기독교적인 신문을 만든다고 해도 성공을 거둔다는 확신이 없습니다. 신문사 직원들의 손해를 안 보게 하려고 하다 보니 이제 저에게 남은 재산은 얼마 없습니다. 아마도 어려울 것입니다."

"기독교적인 신문이 만들어지고 계속해서 유지되려면 대학교처럼 기부도 받고, 후원도 받아야겠습니다. 그러면 될 것 같습니다."

"맞아, 버지니아. 예수님께서 원하시는 기사와 기독교적인 편집 방향을 지켜나가려면 처음에는 많은 돈을 들여야 하고 손해를 볼 수밖에 없어. 그러니 기부금과 후원하는 회사나 단체 같은 것이 있어야 할 거야."

"만약에 우리 기독교인들이 의무적으로 수백, 수천 부의 신문을 산다면 조금은 나아지겠지요. 그리고 처음의 손해를 견디게 해줄 후원자가 있어야 하지요."

"맞아. 버지니아, 네가 아주 잘 알고 있구나."

"노먼 집사님, 기독교 신문을 만드는 데 제가 참여할게요. 다 아시는 것처럼 저는 물려받은 재산이 좀 있으니 후원하겠습니다."

"저, 정말이냐?"

"한 50만 달러면 되겠습니까?"

"그……, 그럼. 그만한 돈이면 충분하다."

맥스웰 목사는 기쁘고 감격스러워서 자리에서 벌떡 일어났어요.

"여러분, 우리 버지니아와 노먼 집사님을 위해 박수를 보냅시다."

버지니아는 손을 내저으면서 일어서서 말했어요.

"여러분! 제가 무슨 큰일을 한 것으로 생각하지 마세요. 저는 얼마 전에야 제가 물려받은 재산이 제 것이 아니라 하나님의 것임을 깨달았습니다. 그저 하나님의 재산을 관리하는 사람으로서 현명한 투자 방법을 찾아냈다고 해서 칭찬을 받을 일은 아닙니다. 저는 그저 하나님의 재산을 하나님의 영광을 위해서 사용하려고 노력할 뿐입니다. 그리고 정치권력을 잡고 있는 사람들과 우리 기독교인들의 싸움에서 저는 레이먼드 일보사와 같은 양심적인 신문사를 기독교인들이 적극적으로 도와줌으로써 그 신문사가 우리의 입장을 잘 드러내도록 해야 함을 느꼈습니다." ✝

17 기독교 신문사가 생겼어요

다음날 버지니아는 새로운 연합기관으로 만들어지는 신문에서 자신이 맡아야 할 역할을 구체적으로 이야기하기 위해 맥스웰 목사와 함께 노먼 사장을 찾아갔어요. 노먼 사장은 예수님께서 하라고 하실 것으로 여겨지는 11가지의 원칙과 새로운 방침들을 적어 서류를 만들어서 목사와 버지니아에게 읽어 주었어요.

"좋은 생각입니다. 서류에 적힌 원칙과 새로운 방침대로 기독교 신문이 나오게 된다면 분명히 예수님도 좋아하실 겁니다."

"이 서류의 내용대로만 신문을 만든다면 문제가 없을 것 같군요. 자, 그럼 이 약정서에 서명을 하십시오. 그리고 버지니아! 이 약정서 내용대로 50만 달러를 노먼 사장님에게 전해 주렴. 이제부터 이 시에서 기독교 일간지가 나온다고 생각하니 기분이 정말 좋아요."

두 사람이 돌아가자 노먼 사장은 무릎 꿇고 하나님께 간절히 기도했어요. 노먼 사장은 전에는 사람들의 호기심과 욕심을 채워 주기 위해 흥미 위주로 신문을 만들었지만, 이젠 하나님의 능력을 나타내기 위해 신문을 만들기로 결심한 거예요.

그레이 전도사는 렉탱글에서 정해진 기간을 마치고 다른 곳으로 떠났어요.

"이봐, 그레이 전도사도 이곳을 떠났으니, 기독교인이 되어 이렇게 좋은 술도 못 마시는 친구들을 우리가 구해내자고."

"맞아. 그 친구들도 분명히 후회하고 있을 거야."

사람들은 술을 끊은 사람들을 찾아가 유혹하기 시작했어요.

"이보게 친구. 술이나 한잔하자고. 내가 살게. 그레이 전도사도 이곳을 떠났는데 뭘 그리 두려워해. 조금만 마신다고 죄가 되겠어."

이런 유혹에 그만 넘어가는 사람들이 많았어요.

"역시 자넨 변한 것이 없어."

이런 모습을 본 맥스웰 목사는 안타까워했어요.

'아! 그레이 전도사님이 안 계시니 안 되겠어. 내가 가야

겠어!'

맥스웰 목사는 매년 교회에서 휴가비를 받아 멋진 곳으로 가족여행을 다녀오곤 했어요. 그런데 이번엔 매우 어려운 일을 겪고 슬퍼하는 사람에게 가족여행을 다녀오도록 하고는 렉탱글로 가서 전도하고 봉사했어요.

이러한 멕스웰 목사의 생각을 모든 교인이 따른 것은 아니었어요.

"난 약속한 사람들이 다시 예전 모습으로 돌아왔으면 좋겠어. 너무 지나치잖아. 예수님을 믿는 것도 이렇게 지나치면 문제야."

"맞아. 약속하지 않은 사람들이 이상한 사람 취급을 받는 건 옳지 못해."

교인 모두가 맥스웰 목사와 같은 생각을 하는 것은 아니었지만, 예수님의 발자취를 따르겠다고 약속한 교인들은 날마다 늘어났어요. 모임도 갈수록 열정과 힘을 더해 갔어요.

파워즈는 철도공작소를 그만둔 어려운 처지였지만, 약속대로 일주일에 몇 번씩 철도공작소에서 힘들게 일하는 사람들과 하나님 말씀을 읽고 기도하는 것을 계속해 나갔어요. 그러면서 비록 돈은 적게 벌더라도 정직하게 일할 수 있는 곳을 찾아다녔어요.

길고 긴 무더위가 지나고, 어느덧 서늘한 바람이 불어오는 가을이 되었어요.

 소설가인 체이스도 약속한 사람들 중의 한 사람이었어요. 그는 무더운 여름 내내 자신의 아파트에서 소설만 썼어요. 레이첼에게 사랑을 고백했던 그날 밤 이후로 한 번도 그녀를 만나지 않았어요. 그는 이런 생각을 했어요.

 '난 돈 때문에 명예나 인기 때문에 대중이 원하는 것을 쓰는 건 아닌가? 예수님이 원하시는 것이 아니라면, 난 결국 약속을 어긴 것이 아닌가?'

 그가 쓰는 소설은 예수님을 믿고 예수님처럼 사는 내용은 하나도 없고, 사람들이 좋아하는 내용으로 가득 채워 잘 팔리게 하려고 쓰는 소설이었어요.

 체이스는 이렇게 자신이 쓰는 소설과 예수님을 따르기로 한 약속이 다른 것에 대해 고민하다가, 우연히 롤린과 레이첼이 다정하게 걸어가는 것을 보았어요. 두 사람이 다정하게 걸어가는 것을 보는 순간, 체이스의 마음속에 분노가 일었어요. 그리고는 자신은 도저히 약속을 지킬 수 없다고 결정하고는 처음에 생각한 대로 소설을 끝냈어요. †

18 롤린, 새 사람이 되었어요.

레이첼과 롤린은 우연히 만나서 같이 걸어가면서 이야기를 나누었어요.

"오빠, 나 방금 버지니아를 만났어. 렉탱글의 땅을 사는 일이 거의 끝나간대."

"그럴 거야. 오랫동안 소송에 묶여 있어서 어려웠지만, 이제 곧 살 수 있게 되었어. 이제 모든 것이 계획대로 잘 될 거야."

두 사람은 걸어가면서 많은 이야기를 나누었어요. 레이첼은 롤린과 이야기를 하면서 롤린이 예전처럼 잘 생긴 얼굴로 놀기 좋아하고, 술 마시기 좋아하던 모습이 아님을 알게 되었어요.

드디어 가을이 지나고 겨울이 오자, 버지니아는 백만 달러를 들여 렉탱글에 새로운 건물을 짓는 일을 해나갔어요.

비어 있는 땅을 사서는 건물을 짓고, 지저분한 곳들은 아름다운 공원으로 만들었어요.

겨울이 지나고 어느덧 봄이 왔어요. 레이먼드 제일교회에서 약속한 1년의 기간이 끝났지만, 약속한 사람들은 이 일을 계속해 나갔어요. 이렇게 약속을 이어가는 사람들의 새로운 생활 운동 이야기는 전국으로 퍼져 나갔어요. †

시카고의 애비뉴교회 브루스 목사가 뉴욕에 사는 캑스턴 목사에게 보낸 편지 내용이에요.

받는 사람- 뉴욕의 사랑하는 친구 캑스턴 목사

지금은 조용한 주일 밤이야. 난 너에게 이곳 레이먼드에서 본 놀라운 일들을 알려 주고 싶어서 편지를 쓰네. 너도 기억하지? 우리와 함께 신학대학원에서 공부한 맥스웰……. 그는 언제나 잘 정돈된 옷차림과 차분하게 책을 읽는 자세로 우리 중에서 가장 공부 잘하는 친구였지. 그는 레이먼드 시에서 가장 큰 레이먼드 제일교회의 담임목사로 11년간 아무런 문제 없이 성실하게 살았어.

그런데 바로 1년 전 예배를 마친 후, 그는 놀라운 제안

을 교인들에게 한 거야. 앞으로 1년간 무슨 일을 하든
지 '예수님이라면 어떻게 하실까?' 하는 생각으로 기도
하면서 일을 진행해 나가기로. 교인들 중 몇 사람이 이
제안에 따르면서 놀라운 운동으로 발전하였어.

그는 언제나 꼼꼼하게 잘 준비된 원고로 설교를 하였
는데, 이제는 예수님께서 원하시는 삶에 초점을 두고
열정적으로 전해. 그는 술집에 대한 공격을 분명히 하
고 있어. 아마 그는 오늘의 기독교인들이 좀 더 철저하
게, 특히 고난을 당하는 데 있어 예수님의 발자취를 따
라야 한다는 확고한 신념인 것 같아.

그들 중에는 '레이먼드 일보'의 노먼 사장이 있어. 그는
자신의 신문을 기독교 세계관을 담아내는 것으로 바꿨
어. 파워즈는 철도 공사 감독관에서 쫓겨나면서까지 철
도공사의 부정을 고발해냈어. 그 지역에서 가장 큰 부
자인 버지니아는 엄청난 돈을 아낌없이 기독교 일간지
를 만드는 일과 가난한 사람들이 사는 지역에 전도와
복지를 위해 내놓았어. 그리고 레이첼은 유명한 오페라
가수가 될 기회를 포기하고는 교회의 찬양대와 전도
집회 활동을 하고, 가난한 사람들에게 무료 노래교실을
열었어.

 들 유명한 사람들 이외에도 같은 약속을 하겠다는 지
원자들이 늘어갔고, 최근에는 레이먼드의 다른 교회 교
인들도 몇 사람이 이 운동에 참여키로 했다고 하네.

이와 같은 놀라운 일이 레이먼드 제일교회만이 아니라
우리 시카고와 뉴욕으로도 퍼져 나가기를 바라네.

보내는 사람 - 시카고에서 친구 브룩스 목사 †

20 브루스 목사의 결심

브루스 목사는 맥스웰 목사의 친구였어요. 브루스 목사는 1년 동안 레이먼드 제일교회에서 일어난 놀라운 일들을 직접 보고 듣고는 깊은 감동을 받았어요. 시카고로 돌아온 브루스 목사는 깊은 생각을 하느라 잠을 이루지 못했어요.

'나는 지금까지 10년 동안 아무런 어려움 없는 목사로 잘 살아왔어. 그런데 맥스웰 목사와 레이먼드 제일교회의 이야기를 들으니, 내가 이렇게 편하게만 사는 게 과연 예수님 보시기에 칭찬받을 만한 일이 아닌 것만 같아.'

이런 생각으로 며칠 동안 고민하면서 기도하다 보니까 몸은 피곤하였지만, 마음은 한결 가벼워지는 것 같았어요. 그리고는 굳게 결심했어요. 맥스웰 목사가 제안하고 이루어 가는 운동을 자신과 애비뉴 교회와 시카고 지역에서도 실천할 것을요. †

21 로즈와 펠리시아

시카고에는 레이첼의 사촌 동생인 로즈와 펠리시아가 살고 있었어요. 두 자매의 아버지인 스털링은 아주 크고 멋진 집에서 사는 부자로, 큰 사업을 했어요. 그런데 그의 아내는 몇 년 동안 잘 낫지 않는 병으로 자리에 누워 있었어요.

두 자매는 음악회에 갔다가 오면서 연극 포스터를 보았어요. '런던의 그늘진 곳'이라는 제목을 보면서 동생 펠리시아가 말했어요.

"언니, 나 저 연극 보면 마음이 아플 것 같아. 우리 시카고에서 가난한 사람들이 사는 곳이 어딜까?"

그러자 언니 로즈가 화를 내면서 말했어요.

"너, 무슨 말을 하는 거야? 그런 사람들은 게을러서 가난한 거야. 그런 사람들은 도와줘 봐야 고마워하지도 않아.

그냥 부자는 부자대로, 가난한 사람은 가난한 사람대로 사는 거야. 그렇게 정해진 거야. 이건 바꿀 수도 없어."

"언니, 그래도 목사님이 가난한 사람들을 도와주라고 하셨잖아."

"나도 들었어. 하지만 우리 같은 부자가 도와준다고 해서 가난한 사람들이 없어지지 않아. 레이먼드 시에 사는 레이첼이 말도 안 되는 이상한 약속을 하고 가난한 사람들을 위해 노래를 부른다는 편지를 받고 내가 얼마나 황당했는지 아니? 난 레이첼이 언젠가는 그 성가신 일을 집어치우고 다시 오페라단에 들어가서 멋지게 노래를 부를 거라고 믿어. 요즘 레이먼드 시는 뭐가 어떻게 돼가는 건지 좀 이상해졌어."

"레이첼 언니는 천막이 있던 자리에 새 건물이 지어질 때까지 낡은 건물에서 가난한 아이들과 공장에서 일하는 여자들을 위해 찬양을 가르치고 있대."

"말도 안 돼. 그런 사람들이 수준 높은 음악을 제대로 감상할 줄이나 알겠어? 유명한 오페라단에 가지 않고 무식한 사람들을 위해 귀한 재능을 낭비하다니……. 어이가 없어서 말도 안 나온다. 그 앤 왜 그러는지 몰라! 레이첼이 우리 시카고에 와서 노래를 부르기만 하면, 시카고를 발칵 뒤집어 놓을 텐데, 바보같이 아까운 목소리를 쓸데없는 데

낭비하다니……."

"레이첼 언니는 가난한 사람들을 위해 봉사하는 일이 아니면 이곳에 오지 않을 거야. 만약에……. 만약에 우리 브루스 목사님이 우리 교회에서 레이먼드 제일교회 목사님처럼 제안하신다면 어떨까?"

"말도 안 돼! 그런 일은 없을 거야! 브루스 목사는 그런 제안을 하실 분이 아니야."

"레이첼 언니의 편지를 보면, 그런 약속 운동을 다른 교회에도 알릴 생각으로 구체적인 계획을 세우는 중이래. 만약 그런 계획이 성공한다면 많은 교회와 교인들의 생활에 놀라운 변화가 생기지 않을까?"

"에이, 재미없어. 펠리시아, 그런 얘긴 그만하자. 그런 말만 들어도 머리가 아프다. 생각하기조차 싫다." †

22 엄마를 위해 기도해 주렴

연극을 보고 나오면서 두 자매는 이야기를 나누었어요.

"언니, 가난한 사람들의 생활이 잘 드러난 감동적인 연극이었어. 다리 위의 장면 연기가 아주 훌륭했어. 다만 신사로 나온 남자 배우는 감정표현이 지나쳤지만 말이야. 그렇지만 두 남자와 여자의 대화가 오가다가 서로 남매임을 알게 되는 장면이 흥미로웠어."

"나도 연극 재미있게 봤어. 그런데 가난한 사람들을 표현한 장면은 좀 지나쳤어. 너무 끔찍했어. 무시무시해서 못 보겠더라. 소름 끼치는 장면은 보여 주지 말았어야지. 그런 비참한 모습을 보여주다니……."

"언니, 실제로 그런 비참한 사람들이 있잖아."

"그래도 비싸게 돈 주고 와서는 그런 불편한 장면을 보는 건 기분이 안 좋아."

연극을 보고 와서 로즈는 대충 인사하고는 자기 방으로 들어갔고, 펠리시아는 어머니에게 오늘 본 연극 이야기를 들려줬어요.

"애야, 고맙다. 오늘은 이 엄마를 위해 기도해 줄래?"

"그럼, 엄마, 당연히 해야지. 그런데 왜 오늘따라 그런 말을 하는 거야."

"펠리시아, 난 요즘 마음이 불편해. 온종일 네 아빠에 대해서 불길한 생각과 두려움을 떨쳐버릴 수 없어. 아빠의 사업이 뭔가 잘못되어 가고 있는 것 같아 불안해서 잠도 오지 않아. 그러니 날 위해 기도를 해다오."

"걱정 안 해도 될 거야. 엄마."

"그래도 기도를 해다오."

펠리시아는 떨고 있는 어머니의 손을 꼭 잡은 채, 정성을 다해 어머니의 영혼과 가족을 위해 간절히 기도했어요. 오랫동안 병으로 고생하시는 어머니는 눈물을 흘리면서 우셨어요.

"이젠 편히 자도 돼. 엄마, 혹시 밤중에 마음이 불편하면 날 불러."

"펠리시아, 엄… 엄마에게 뽀뽀해 주고 갈래?"

"응, 엄마. 엄마 병이 빨리 낫길 기도할게. 엄마, 사랑해."

†

주일이 되자 로즈와 펠리시아는 교회에 가서 예배를 드렸어요. 브루스 목사는 평소에는 차분한 목소리로 설교했는데 오늘은 좀 달랐어요. 브루스 목사는 매우 흥분된 목소리로 자신이 경험한 이야기를 힘차게 전하셨어요. 브루스 목사는 레이먼드 제일교회에서 시작된 약속 운동과 교인들의 변화된 삶을 말했어요. 목사의 말에 여러 교인들이 감동하고 놀라워했지만, 많은 교인들은 듣기 싫다는 표정들이었어요.

목사의 설교가 끝나갈 시간이었어요.

"이제 저는 우리 교회도 레이먼드 제일교회에서 시작한 약속 운동을 시작할 것을 제안합니다. 예배 마친 후, 이 운동에 함께하실 분들은 남아 주시기 바랍니다."

예배가 끝나고 나오면서 펠리시아는 말했어요.

"언니, 먼저 돌아가. 난 조금 있다 갈게."

"아니, 너 그럼……."

"언니는 이해 못 할 거야. 난 지원자 모집에 참여할 거야."

"요즘이 어떤 시대인데 내 직장과 재산과 생각을 버리라는 거야. 말도 안 돼! 넌 바보 같은 짓을 하려고 그래. 아버지도 안 좋아하실 거야. 그런 일은 우리에게 괜한 어려움과 불편함만 줄 뿐이야."

마침 그 옆을 지나가던 레이나 집사가 물었어요.

"로즈, 넌 약속하지 않고 그냥 갈 거지?"

"네. 전 그런 어리석은 짓은 안 해요. 사실 그 약속 운동은 너무 지나쳐요. 예수님을 믿는 것도 지나치면 안 좋은 거잖아요."

"그래, 나도 그렇게 생각해. 그 약속 운동은 괜히 문제만 만들게 될 거야. 브루스 목사님은 아무 문제 없이 잘 해오던 우리 교회에 문제를 일으키셨어."

"맞아요. 제 말이 그 말이에요."

"이번 일로 우리 교회는 약속 운동을 할 건지, 안 할 건지로 의견이 갈려서 싸우게 될지도 몰라. 다행인 건 많은 교인들이 그 약속 운동을 반대해. 그러니 펠리시아, 너도 잘 생각해봐."

로즈와 레이나 집사는 그렇게 가버렸지만, 펠리시아는 남아서 약속 운동 모임에 갔어요.

한참 후에 집에 돌아오자 펠리시아를 아버지가 불렀어요.

"너, 그 모임에 다녀온 거야? 그래. 한 10명 정도 모였니?"

"아니야. 아빠, 한 100명쯤 모였어."

"뭐야? 세상에! 100명이나 모였단 말이야?"

"응, 아빠도 그 모임에 왔었으면 감동을 받고 뜨겁게 기도했을 거야."

"뭐야! 내가 걱정했던 일들이 기어코 일어나고 말았어. 아무튼 난 네가 그런 일을 하는 거 반대다. 엉뚱한 생각 마라, 알았어? 네 방으로 가서 쉬어라."

펠리시아는 자기 방에서 무릎 꿇고 눈물을 흘리면서 기도했어요.

"하나님! 어떻게 해야 합니까?"

브루스 목사는 자신을 찾아온 친구 에드워드 목사와 이야기를 나누었어요.

"오늘 오후에 아주 중요한 일에 뛰어들었다는 소식 들었어. 그래서 너하고 이야기를 하려고 찾아왔어.

"잘 왔어, 친구. 넌 그 약속 운동이 무엇을 말하는지 잘 알지?"

"그럼. 잘 알지. 난 네가 내 친구란 게 자랑스러워."

"나도 네가 내 친구라는 게 자랑스러워. 이제 우리 서로 힘을 합쳐서 예수님을 따라 사는 운동을 펼쳐 나가야지."

"그런데 브루스! 아마 쉽지만은 않을 거야. 이제부터 너에게 엄청난 어려움이 생길지도 몰라. 그렇지만 넌 반드시 이 일을 이루어나갈 걸 믿어. 아무리 어렵더라도 너처럼 다른 목사들도 예수님을 따라 살기로 약속하고 이를 지켜나간다면, 우리 기독교인들에게 엄청난 변화가 일어날 거야. 그런데 그렇게 안 되는 게 안타깝다."

"그래도 난 앞으로 잘 될 것이라고 믿어. 우리 믿는 사람들이 함께하고, 또 많이 배운 사람들과 돈이 많은 사람들, 세상에서 유명한 사람들 중에서도 예수님의 뜻을 따른다는 사람들이 많이 나올 거야."

"네 말을 듣고 보니 벌써부터 기대가 된다. 하하하! 역시 넌 멋진 진짜 좋은 목사야."

두 사람이 즐겁게 이야기를 나누는데, 갑자기 누가 문을 두드렸어요. 브루스 목사는 방문을 열었어요. 문 앞에는 사모가 놀란 표정으로 서 있었어요.

"여보, 무슨 일인데 그래요."

"여보, 큰일이 났어요."

"무슨 일이오. 차근히 말해 봐요."

"어… 어떻게 이런 일이……. 전, 말도 못하겠어요. 도저히 믿어지지가 않아요. 이제 어린 두 아가씨는 어떻게 하라고……, 세상에, 믿을 수가 없어요."

"아니, 도대체 무슨 일인데 그래요? 차근차근 말해 봐요."

"세상에……. 스털링 집사님이 자신의 총으로 자살을 하셨대요." †

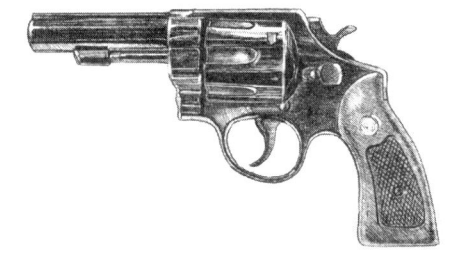

목사와 집사는 급히 스털링 집사 집으로 갔고, 그 집에서 일하는 사람을 통해 이야기를 들을 수 있었어요.

"총소리가 나서 급히 사장님 방으로 달려갔지만, 사장님은 이미 돌아가신 후였습니다. 그때 펠리시아 아가씨는 사모님 옆에 앉아 계셨고, 로즈 아가씨는 자기 방에서 책을 읽고 있다가 총소리를 듣고 뛰어 오셨습니다. 두 분은 사장님이 돌아가신 것을 보시고는 비명을 지르셨습니다. 로즈 아가씨는 사모님 방으로 가서 사장님이 돌아가셨다고 알렸습니다. 그 말을 들은 사모님은 그만 기절하셨습니다. 사모님이 정신을 차리신 후에 급히 목사님께 알리라고 하셨습니다."

"믿어지지가 않아. 어떻게……. 스털링 집사님이 이런 무시무시한 짓을 할 수가 있단 말인가!"

에드워드 목사는 젊은 시절, 스털링 부인을 사랑했어요. 그래서 청혼을 했지만 거절당했어요. 그녀는 목사가 될 에드워드보다는 돈 많은 스털링을 택하여 결혼하기로 했던 거예요.

브루스 목사와 에드워드 목사는 스털링 집사의 시신을 정리하는 걸 도와주고 가족들을 위로하고 간절히 기도했어요.

목사들이 떠나고 나서 안정을 되찾은 스털링 부인은 로즈와 펠리시아를 불렀어요.

"애들아, 네 아빠를 직접 봐야겠다. 나를 부축해줘."

"안 돼요, 엄마! 편찮으시고 불편하신 몸으로……. 안 돼요. 안 돼."

"부탁이다. 내 눈으로 직접 봐야겠어. 나를 좀 도와줘."

"알았어요, 엄마……."

오랫동안 아픈 몸으로 남편의 죽음을 확인한 펠리시아의 어머니는 그 충격으로 돌아가셨어요.

다음 날 아침, 스털링의 자살 원인이 신문에 났어요. 그는 여러 가지 투자한 사업이 불과 한 달 만에 잘못되어 모두 잃어버리게 되었던 거였어요. 그는 지금까지 남을 속이고 괴롭히면서 못된 방법으로 많은 돈을 벌었어요. 돈밖에 모르던 그가 이제 모든 돈을 잃어버리게 되었으니 그 충격이 컸던 거예요. 혹시나 해서 도와줄 사람들을 알아보았으나, 워낙 자기밖에 모르고 남을 괴롭혀서 돈을 벌었기 때문에 도와줄 사람이 아무도 없었어요. 결국 스털링은 완전히 망하게 된 걸 알고는 총으로 자살을 한 거예요. 스털링은 교회 다니는 사람이었지만, 예수님보다는 돈을 더 믿고 살았어요. 돈만 믿고 살아온 그에게 이제 돈이 없다는 사실이 견디기 힘들었던 거예요.

스털링 부인의 죽음은 갑작스러운 충격의 결과였어요. 그녀는 이미 오래전부터 남편이 남을 속이고, 괴롭히고, 몰래 법을 어기면서 돈을 번다는 것을 알았어요. 그래서 남편에게 몇 번이나 이야기를 했지만, 남편은 들어주지 않았어요. 그로 인해 이들 부부는 사이가 멀어졌고, 이런 일들이 스털링 부인에겐 병이 된 거예요.

아버지의 갑작스러운 죽음으로 두 자매는 충격과 무서움에 떨며 며칠동안 잠도 못 자면서 지냈어요. 로즈는 지금까지 돈이 많은 부자로 살면서 행복하게 살았는데, 이제는 더 이상 부자가 아니라는 사실이 믿어지지 않았어요. 두 자매는 이제 멋지고 큰 집에서 살 수가 없었어요. 이제는 부자도 아니고, 아버지와 어머니도 안 계신 불쌍한 사람들이 되어 버렸어요.

레이먼드 시에 사는 윈슬로 부인과 레이첼이 시카고로 왔어요. 그리고는 장례식이 마치자마자 두 자매를 자기 집으로 데리고 왔어요.

　이모를 따라 레이먼드로 온 로즈는 충격에서 벗어나지 못해 늘 우울하게 지냈어요. 그러나 동생 펠리시아는 슬픈 생각을 잊고 힘을 얻으려고 기도하면서, 렉탱글에서 이루어지는 어려운 이웃을 돕는 일에 열심히 참여했어요. 펠리시아는 뛰어난 요리 솜씨로 사람들에게 칭찬을 듣게 되었어요. 이렇게 어려운 사람을 돕고, 자신이 잘하는 일로 칭찬을 받으니 조금씩 슬픔도 이겨나가게 되었어요.

　버지니아는 펠리시아의 요리 솜씨에 놀라면서 그녀에게 렉탱글의 모든 식당을 맡겼어요. 윈슬로 부인은 레이첼이 선택한 걸 아직도 인정하지 않았지만, 레이먼드에 약속 운동이 이루어낸 놀라운 일들에 감동을 받았어요. 그러면서 그녀도 렉탱글의 이웃돕기에 참여하곤 했어요. 그렇지만 펠리시아가 매일같이 요리를 하는 건 좀 반대였어요.

　"펠리시아, 너, 어려운 사람을 위해 매일 요리하는 건 네가 할 일이 못 돼. 이제는 그만 해도 돼."

　"왜요? 이모. 제가 만든 음식이 맛이 없어서 그러세요?"

　"아니야. 네가 만든 요리는 최고야. 아주 맛있어. 하지만 네가 가난한 사람들을 돕는 일에 너무 무리를 하는 것 같

아. 너도 뭔가 멋진 일을 해야지. 너 혹시, 이런 일을 계속할 생각은 아니겠지? 봉사는 시간 날 때 가끔 하는 거야."

"아니요, 이모. 저는 계속할지도 몰라요. 전 큰 도시에서 아주 깨끗하고 맛있고 몸에 좋은 요리를 만들어서 누구나 싼 값에 먹을 수 있게 하는 것이 꿈이에요. 그리고 가난한 엄마들에게 값이 싼 재료를 가지고도 맛있게 요리하는 방법을 가르치고 싶어요. 전 이런 일을 통해 로즈 언니와 많은 사람들을 도와주고 싶어요."

펠리시아는 이렇게 분명한 꿈을 위해 열심히 요리로 봉사하다 보니 렉탱글의 주민들로부터 사랑을 받게 되었어요. 사람들은 펠리시아를 "요리천사"라고 불렀어요. 펠리시아는 못하는 요리가 없었어요. ✝

25 이웃돕기를 위한 복지를 해요

브루스 목사가 애비뉴 교회에서도 약속 지키기 운동을 제안한 지 3개월이 지났어요. 그런데 놀랍게도 레이먼드 제일교회와 비슷한 일들이 벌어졌어요. 이렇게 일이 잘 진행되어 가는데, 브루스 목사가 갑자기 사표를 냈어요. 시카고 교회를 대표하는 에드워드 목사도 사표를 냈어요. 이일에 시카고 시민들은 놀랐어요.

"도대체 왜들 이러십니까? 무슨 서운한 거나 불만이 있습니까?"

"서운한 것도, 불만 같은 것도 없습니다. 왜 우리가 하는 일에 놀라워하는지 모르겠습니다. 브루스 목사와 내가 목사직에서 사표를 내고, 가난하고 병들고 힘없는 사람들과 죄 속에 살아가는 사람들을 구원하려는 일을 하는 게 이상한 일입니까? 만약 우리가 저 멀리 아프리카 같은 곳의 선

교사로 간다면, 교인들과 시민들은 우리가 좋은 일을 한다고 박수를 보내고 기도해 주실 겁니다. 예수님께서 기뻐하시는 일을 하는데, 그곳이 외국이든 가난하고 문제있는 사람들이 사는 곳이든 무슨 상관이 있습니까? 우리는 우리를 필요로 하는 곳에서 예수님께서 원하시는 일을 할 겁니다. 저희가 하는 일에 대해서 '고생한다', '이상하다', '불쌍하다'는 생각을 하지 말아 주십시오. 우리는 그들과 함께 기쁨과 슬픔과 고통을 나누며 그들을 예수님께로 인도할 겁니다." †

브루스 목사가 떠난 후에도 약속 운동을 맹세한 애비뉴 교회 교인들은 계속해서 그 운동을 이어갔어요.

"목사님은 안 계시지만 예수님을 믿고, 우리 끝까지 예수님께 약속한 운동을 계속해나갑시다."

시간이 흘러 다시 가을이 지나가고, 시카고엔 추운 겨울이 다가오고 있었어요. 브루스 목사는 어렵게 사는 사람들을 일일이 찾아다니면서 기도하고 전도했어요. 그러다가 작지만 깨끗하게 정돈된 식당을 발견하고는 들어갔어요.

'음식을 깨끗하고 먹음직스럽게 차려 놓았네?'

브루스 목사를 발견한 펠리시아는 깜짝 놀랐어요.

"어? 펠리시아, 너 언제 왔어?"

"목사님은 어떻게 이렇게 빨리 저를 찾아내셨어요?"

"금방 찾을 수 있지. 이런 가난한 구역에서 이렇게 깨끗하게 진열을 한 음식점은 이곳밖에 없거든"

"듣고 보니 정말 그러네요."

"그런데 어떻게 내게 알리지도 않고 시카고로 돌아왔니! 이거 괘씸한데?"

"목사님, 죄송해요. 저도 좀 바빴어요. 제가 맛있는 식사를 대접할게요."

"우와~ 이거 정말 네가 만들었어? 진짜 맛있어. 이런 맛은 처음이야!"

"정말요? 목사님, 제가 할 줄 아는 것은 요리밖에 없어요. 그래서 저는 한 가지 계획을 세웠어요."

"무슨 계획일까 궁금한데?"

"어느 정도 가게가 잘 되면 이곳 사람들에게 요리를 가르칠 거예요. 그럼 여기 사는 사람들은 값싼 재료로 좀 더 맛있는 음식을 만들어 먹을 수 있고, 또 요리를 배워서 좋은 식당에 취직을 할 수도 있을 것 같아요."

"야~ 그것참 좋은 생각이다. 그럼 내가 도와줄 일은 없을까?"

"목사님, 도움이 필요하면 꼭 부탁드릴게요. 그리고 목사님이 진행하시는 어려운 이웃을 돕는 복지 일에도 제가 할 일이 있으면 도와드릴게요."

"고맙다. 펠리시아, 우리 한 번 잘해 보자." †

어느 날, 에드워드 목사는 직장에서 어려움을 겪는 사람들의 모임이 끝나고, 밤늦게 이웃돕기 복지관으로 돌아오다가 그만 무섭게 생긴 강도를 만났어요.

"손 높이 들어, 빨리! 시키는 대로 안 하면 죽여 버릴 거야!"

"아, 알았습니다."

"너, 가진 돈 다 내놔!"

"이, 이것이 다입니다."

"뭐야! 이게 다야? 세상에!"

"시계도 뺏어. 뺏을 수 있는 것은 전부 빼앗아."

"시계 말곤 아무것도 없네. 어휴! 신경질 나. 야, 이놈아! 돈 좀 가지고 다녀. 우리 같은 놈도 먹고살아야 할 거 아니냐."

강도는 이렇게 말하면서 에드워드 목사를 마구 때렸어요.

그런데 한 강도가 갑자기 때리는 걸 말렸어요.

"그만해, 이 사람아. 그만하라고."

"왜 그래. 더 때려서 더 뺏어야 하는데."

"이 멍청아. 이 분은 에드워드 목사님이잖아."

"뭐라고! 정, 정말이야! 이 사람이 정말로?"

"아니, 저를 아세요? 어떻게 제 이름을 아시나요?"

"그럼요. 잘 알지요. 정말 죄송합니다. 목사님이신 줄 알았다면 이렇게 하지 않았을 겁니다. 목사님은 이곳에서 가난하고 어려운 형편의 사람들을 돕는다는 걸 알고 있습니다. 그런데 이런 늦은 밤에 집으로 돌아가시지 않고 왜 한참을 서 계셨습니까?"

"바로 당신들 때문에 가지 않고 서 있었습니다."

"무슨 말씀입니까? 그게."

"혹시, 내가 도울 일은 없을까요?"

"목사님, 우리 전에 한 번 만났던 적이 있어요."

"글쎄요. 어두워서 제대로 볼 수가 없군요."

"자, 그럼 가까이서 제 얼굴을 보여 드리겠습니다. 이렇게 하면 알아보시겠습니까?"

"아니, 자네는 번즈 아닌가?"

"네, 맞습니다. 15년 전 어느 날 밤, 뉴욕의 가난한 동네에 큰불이 났을 때, 그 일로 아내와 아이를 잃었다고 하소연하던 그 남자입니다."

"맞아. 맞아."

"목사님은 그날 밤 절 목사님 댁으로 데려가서 재워 주시고, 다음날 종일 마땅한 일자리를 구해 주시기 위해 여기저기 전화도 하시고 직접 찾아가 주셨습니다. 그렇게 애써 주신 덕분에 드디어 커다란 창고를 지키는 현장소장으로 저를 취직시켜 주셨습니다. 그리고 제게 꼭 술을 끊을 것을 말씀하셨습니다."

"그랬었지. 음~ 지금도 그 약속을 지키고 있겠지."

"약속을 지켰느냐고요? 저는 일주일도 못 가서 다시 술에 빠져 버렸어요. 하지만 목사님이 저를 위해 간절히 기도하신 걸 잊을 수가 없었습니다. 저를 재워 주시고는 다음날 아침 식사 후에 저한테 기도하자고 말씀하신 일이 저에게는 커다란 감동이었습니다. 어머니도 제가 어렸을 때 항상 무릎을 꿇고 저를 위해 기도해 주셨거든요. 어느 날 밤, 술 취해 돌아오신 아버지도 제 옆에서 무릎 꿇고 기도하시던 일까지도 이제는 가슴 아픈 추억으로 간직하고 있습니다. 그런데도 전……. 전 술에 빠져 지옥 같은 생활을 해오고 있습니다."

"직장을 잃어버린 게 얼마나 되었지? 누구나 다 그렇게 마음이 약해서 고생을 하지."

"저희가 강도질을 한 지도 벌써 6개월이 넘었습니다. 오늘처럼 허탕을 치는 날은 더욱 화가 납니다."

"내가 일자리를 구해 주면 이런 짓을 안 할 수 있겠나?"

"소용없을 겁니다. 저희는 수백 번 마음을 고쳐먹었는데도 이 술을 끊지 못하고 이렇게 나쁜 짓을 하게 됩니다."

"아니야! 자네는 하나님을 믿는다고 하면서 진정으로 믿지 않아서 술의 유혹을 이겨낼 수 없었던 거야. 진심으로 하나님을 믿으려면 자네의 몸을 혼란하게 하는 술을 멀리해야 하네. 아무리 힘들다고 해도 하나님이 희망을 찾을 수 있도록 도와주실 거야."

에드워드 목사가 진심으로 복음을 전하자 마침내 그들의 마음의 문이 열렸어요. 새벽 2시가 되어서야 에드워드 목사는 그들을 설득해서 이웃돕기 복지관으로 데리고 왔어요.

다음날, 에드워드 목사는 그들에게 적당한 일자리를 마련해 주었어요. 번즈에게는 이웃돕기 복지관의 안내실 보조를 맡겼어요. †

28 진심으로 이웃을 도우려면

안내실 보조라는 새로운 일을 시작하게 된 번즈는 이제부턴 술을 끊고 열심히 일할 것을 다짐했어요. 그래서 일찍 출근해서는 현관 앞을 청소하다가 잠시 허리를 펴고 주위를 둘러보았어요. 그의 눈에 들어온 것은 골목 건너편에 걸린 맥주집 간판이었어요. 너무도 가까이에 맥주집이 있고, 큰길 건너에도 두 개의 술집이 있었고, 그 아래쪽에도 세 개나 눈에 띄었어요. 이건 마치 술집에 포위된 듯한 꼴이었어요.

번즈는 이를 보고는 한숨을 내쉬면서 다시 청소를 하는데, 갑자기 바로 맞은편 맥주집 문이 열렸어요. 거기서 술 냄새를 풍기면서 한 사람이 나왔고, 그 문으로 두 사람이 안에 들어갔어요. 번즈에게 술 냄새가 전해졌어요.

마침 번즈 앞에서 지나가던 사람이 말했어요.

123

"아! 술맛 좋다~ 아! 커억~ 이 향기로운 술 냄새. 실컷 술을 마셨으니 이제 집에 들어가서 자야겠다."

그 순간 번즈는 견딜 수 없는 술에 대한 생각으로 괴로웠어요.

'읍! 안 돼! 안 돼! 안 돼! 유혹에 넘어가면 안 돼! 정신 차리고 빨리 길이나 쓸자.'

그러다가도 자꾸만 풍겨오는 술 냄새가 번즈를 괴롭혔어요.

'아! 저 맥주 냄새 죽이는구나. 에잇! 도대체 목사님은 대체 언제 출근하시는 거야! 왜 아직 안 오시는 거야! 정말 술 냄새 때문에 미치겠네.'

번즈는 술 생각을 잊으려고 현관 입구를 10번도 더 쓸고 또 쓸었어요. 그런데 이런 번즈 앞에 또 한 사람이 지나가면서 말했어요.

"어! 취한다. 오늘 아침은 술맛이 더 좋~다."

번즈는 술 냄새 때문에 미칠 지경이었어요.

'이겨내야 해! 이겨내야 해! 아! 혀끝에 한 모금만 적셔봤으면.'

이렇게 애써 잊으려고 열심히 청소하던 번즈는 그만 자기도 모르게 맥주집 앞에 와 있었어요.

'에라, 모르겠다. 딱 한 잔만 마셔야지.'

그렇게 작정하고 막 들어가려는데, 누군가가 번즈의 목을 잡아당겼어요.

"뭐야! 누가 내 목을 잡아당겨. 이거 안 놔? 당장 꺼지지 못해?"

이렇게 말하고는 뒤돌아보면서 힘을 주어 주먹을 날리다가 그 사람을 보고는 깜짝 놀랐어요.

"어, 목사님. 죄송합니다. 목, 목사님이신 줄도 모르고……."

"하마터면 자네한테 한 대 맞을 뻔했어."

"모, 목사님, 딱 한 잔만 할게요. 그럼 다시는 안 마실게요."

"뭐라고? 예수님께 약속을 해놓고 무슨 말인가? 약속을 지켜야지. 절대로 안 돼."

"자, 잘못했습니다."

"번즈. 자네, 간절히 기도해 보게. 내가 보기에 자넨 기도 외엔 술을 끊고 새사람이 되는 길이 없어."

번즈와 에드워드 목사는 간절히 기도했어요. 번즈는 자신의 잘못을 진심으로 뉘우치면서 기도하다 보니 눈물이 났어요. 에드워드 목사도 번즈를 위해 기도하면서 번즈가 불쌍하게 여겨져 눈물을 흘렸어요.

'예수님! 저도 술을 끊고 새사람이 되고 싶습니다. 저를

유혹하는 악마에게서 구원해 주옵소서.'

'예수님! 불쌍한 번즈를 도와주옵소서.'

이렇게 간절히 기도한 후, 번즈는 마음이 편안해졌어요. 마치 소풍 가는 어린이처럼 신이 났어요. 기도하는 중에 예수님이 자신의 어깨를 감싸 안아주신 것 같았어요. 이날 이후 번즈는 더 열심히 기도하며 지냈어요.

그날, 에드우드 목사는 브루스 목사와 함께 이 동네 술집과 그 땅 주인들을 알아보았어요. 다음날 두 목사는 술집 건물 주인들을 일일이 만나러 다녔어요. 그런데 그중 몇 명은 애비뉴 교회에 다니는 사람도 있었고, 다른 교회에 다니는 사람들도 있었어요.

두 목사는 애비뉴 교회를 다니는 사람의 집에 갔어요. 그 사람은 오랜만에 자기가 존경하는 목사들이 온다니까 신이 나서 반갑게 맞이하고 대접했어요. 그렇게 한참을 이야기하는 데, 브루스 목사가 말했어요.

"사실 우리는 이웃돕기 복지관 바로 옆 건물에 대해서 물어보려고 찾아왔습니다. 클레이턴 집사님, 그 건물을 술집으로 빌려 주고 돈을 받는 것이 과연 옳은 일이라고 생각하십니까?"

이 말에 놀란 클레이턴은 그만 무릎을 꿇고 눈물을 흘리면서 말했어요.

"브루스 목사님! 사실 저도 교인들과 예수님처럼 살기로 약속했습니다. 기억하시죠?"

"네, 기억합니다."

"저도 그 건물에서 월세를 많이 주기에 거절하지 못했습니다. 또 아직은 계약기간이 남아 있기 때문에 계약을 해지하게 되면 저는 많은 돈을 물어 줘야 하는 손해를 보게 됩니다. 그걸 생각하니 술집을 내보내지 못한 겁니다. 이 일로 저도 참 괴로웠습니다. 그러나 그 건물은 저를 시험하는 악마였고, 또 돈의 유혹 때문에 예수님을 멀리하게 만들었습니다. 예수님이라면 그 건물을 술집으로 빌려주지 않으실 것을 알면서도 말입니다. 하지만 이제 결심을 했습니다. 예수님께 약속한 대로, 제가 많은 손해를 보겠지만 술집을 내보내겠습니다. 이제야 저도 마음이 편해집니다. 그깟 돈이 뭐라고……."

그로부터 며칠 후, 정말로 복지관 바로 옆 맥주집이 없어졌어요. 더 놀라운 건, 클레이턴은 그 건물을 이웃돕기를 위해 바쳤어요. 브루스 목사는 그 건물을 펠리시아에게 무료로 사용하도록 내주었어요. 펠리시아는 기뻐하면서 그 건물에 무료 요리학원을 만들었어요. 그리고는 누구나 와서 무료로 요리를 배우도록 했어요. †

가을이 지나고 또다시 혹독한 겨울이 다가왔어요. 이웃 돕기 복지관에서는 매일 아침 모두가 함께 모여 식사를 했어요. 에드워드 목사와 브루스 목사는 재미있는 이야기를 들려주곤 했어요. 이렇게 아침에 웃으면서 이야기하다 보면 하루가 참 즐거웠어요.

그런데 이날 아침 신문에 놀라운 소식이 실려 있었어요.

"세상에! 이런 일이 우리 시에서 일어나다니 믿어지지가 않아. 어떤 사람이 추위에 가족들이 얼어 죽을까 봐 석탄 야적장에서 석탄 한 덩어리를 훔치다가 그만 총에 맞아 죽었다고 기사가 났어. 그는 몇 달 동안 일자리를 얻지 못해 방황해 왔고, 또 그에겐 아들 6명과 아내가 있는데 세들어 사는 방이 너무 좁아 한 아이는 벽장 속에서 잠을 잔다는 거야."

"이건 최악이야. 도저히 살 수가 없는 환경이야."

"그렇게 어려운 환경이면 복지기관이나 시청에 도움을 요청하지. 왜 안 했는지 이해가 안 돼요."

"아마 그 남자도 죽기 전에 수차례 도움을 요청했을 거야. 그런데 돌아오는 것은 차가운 말뿐이었겠지. 결국 스스로 해결하려고 노력했겠지. 그렇게 된 원인은 그 남자에게 일자리가 없어서 생긴 일이야."

"어떻게 해요. 남은 아내와 아이들이 너무 불쌍해요."

"남은 가족이 사는 곳이 어디죠?"

"아, 그러고 보니 여기서 아주 가까운 곳이야. '펜로스'야."

"그러고 보니 내가 알기로는 펠로즈 씨가 그 지역의 반이나 되는 집을 갖고 있어."

"브루스 목사님, 펠로즈 씨도 애비뉴 교회에 다니는 집사잖아요. 어떻게 이럴 수가! 우리 예수님 믿고 교회 다니는 집사가 가난한 사람을 이용해서 돈을 벌다니, 이럴 수가!"

"목사님들, 펠로즈라는 분이 두 분을 만나 뵈러 왔다는데요."

"그래요. 마침 잘 되었습니다. 그렇지 않아도 찾아가려고 했는데요. 무슨 말을 하려고 왔는지 들어봅시다."

"브루스 목사님, 에드워드 목사님! 그동안 잘 지내셨습니까? 오늘 아침 신문을 보시고 많이 놀라셨을 줄 압니다. 저도 제가 세놓은 집에 살고 계신 분이 그런 끔찍한 사고를 당하셨다는 것이 믿어지지가 않습니다. 사실 저는 요즘 놀라운 일을 체험했습니다. 목사님! 목사님도 아시는 것처럼 저와 제 딸도 예수님처럼 살기로 약속한 교인 중의 하나인 걸 자랑스럽게 생각하고, 어려운 이웃을 돕기 위해 헌금도 했습니다."

어느 날엔가 펠로즈는 딸과 길을 걷다가 딸의 물음에 난처함을 느꼈어요.

"아빠, 왜 가난한 사람들에게 돈을 받고 집을 내주는 거야? 저 사람들은 먹고살기도 어려운데 매달 아빠에게 돈을 내야 하잖아."

이건 딸의 말이 맞았어요. 추운 겨울이 다가오는데 가난하고 어려운 사람들은 추위와 굶주림으로 매우 힘들어했어요. 나라 경제가 어려워지니까 직장을 잃어버린 사람들도 많았고, 몸이 아픈데 치료도 제대로 못 하는 사람들도 많았어요.

그러던 어느 날, 또 딸이 물었어요.

"아빠, 저 집에 사는 사람들도 우리처럼 맛있는 음식을 먹고 따뜻한 방에서 행복하게 살고 있어?"

"그, 글쎄? 나도 잘 모르겠다."

"아빠, 집들이 다 낡아 보이는데, 꼭 가난한 사람들에게서 월세를 받아야 해?"

"애야, 이제 그만 집에 가자. 어른들이 하는 일에 너무 관심을 가지면 못써. 넌 그냥 공부만 열심히 하면 돼. 알겠지?"

그런데 어느 날부터인가 그는 이상한 꿈을 꾸기 시작했어요. 밤마다 꿈에서 들려오는 목소리가 그를 괴롭혔어요.

"이제 예수님이 오시는 마지막 심판 날이 얼마 남지 않았는데 넌 어떻게 하려고 그러냐? 너는 가난한 사람들이 겨울에 얼어 죽고 여름엔 무더위로 허덕이는데도 꼬박꼬박 월세를 받아야 하느냐? 너는 그런 돈이 없어도 잘사는 큰 부자인데도 말이다. 너는 약속했지. 예수님이라면 너처럼 행동을 했을까? 너는 그들에게 무엇을 해주었느냐? 너는 가난하고 아픈 사람들에게 사랑을 준 적이 있느냐? 너는 부자인 부모님에게서 많은 것을 물려받아서 공부도 많이 하고 행복한데, 그 행복과 축복을 가난한 사람들에게 얼마나 나누어 주었느냐? 아무것도 해준 것이 없어! 해준 것이 없단 말이야!"

펠로즈는 이렇게 밤마다 꿈에서 자신의 양심과 죄를 지적하여 잠을 잘 수가 없다고 말했어요. 그리고 오늘 아침에 일어난 충격 사건도 자신의 무관심 때문에 일어난 것 같은 생각이 들어 괴롭다고 했어요. 그러면서 자신은 죄의 공포에 휩싸였고 변명도 못할 죄인이라고 말했어요.

"목사님들, 제가 좀 더 관심을 갖고 가난한 사람들에게 사랑을 베풀었다면 이렇게까지 고통스럽진 않았을 겁니다. 저는 하나님의 벌을 받아도 마땅한 죄인입니다. 저는 앞으로 어떻게 할지 몰라 이렇게 찾아온 것입니다."

"그런 일이 있었습니까? 그런 줄도 모르고. 저는 집사님을 오해하고 있었습니다. 지금부터 다시 시작합시다."

"우리 예수님은 사랑이시며, 용서이십니다. 우리 같이 마음 모아 기도합시다."

펠로즈는 목사들과 간절히 기도하고 나니 마음이 편안해졌어요. 이때부터 그는 진심으로 예수님의 말씀을 따라 살기로 작정하고 실천해나갔어요. 그는 총격사고로 슬픔에 잠긴 남은 가족에게 가서 용서를 빌었어요. 그리고는 그들이 살아갈 수 있도록 보살펴 주고, 집도 수리해줄 것을 약속했어요. 그리고 날마다 가난하고 아파서 살기 어려운 사람들을 위해 봉사하고 자신의 것을 나누어 주기 시작했어요. †

어느 날, 브루스 목사는 친구인 맥스웰 목사에게 교인들과 함께 시카고로 와달라고 초청했어요. 브루스 목사는 이웃돕기 복지관의 큰 강당으로 많은 사람들을 초청했어요.

맥스웰 목사는 강단에 올라서 주위를 둘러보았어요. 그 자리에는 수많은 사람들이 모여서 목사의 말을 들으려고 했어요. 그 자리엔 돈이 많은 사람이나 가난한 사람, 공부를 많이 한 사람이나 아닌 사람, 피부색이 희거나 검은 사람, 나이가 많거나 적은 사람, 남자나 여자, 교회 다니는 사람이나 아닌 사람으로 정말 다양한 사람들이었어요.

'아, 놀랍다! 이렇게 추운 날씨에도 이렇게 많이들 모였다니…….'

맥스웰 목사는 "예수님이라면 어떻게 하실까?"라는 제목으로 이야기를 하였고, 레이먼드 제일교회 교인들이 어떻게 약속을 지켜나가는지 말했어요. 이 이야기에 많은 사람들이 놀라고 감동했어요. 이야기를 마치고 자유롭게 질문도 하고 대답도 하는 시간이 이어졌어요.

제일 먼저 손을 든 사람이 말을 했어요.

"맥스웰 목사님의 집에서 죽은 '잭 매닝'이라는 사람은 저와 함께 2년 동안 같은 인쇄소에서 일한 친구입니다. 저는 그에게 돈을 빌렸지만, 그가 직장에서 쫓겨나 뉴욕으로 이사를 가는 바람에 돈을 갚지 못했습니다. 그리고 새로운 인쇄기계가 또 들어오면서 저도 결국 다른 사람들과 마찬가지로 직장에서 쫓겨났습니다. 제가 말씀드리고 싶은 것은 새로운 발명품이라는 것은 좋지만, 그걸로 인해 직장에서 쫓겨나는 사람이 많다는 걸 알아주셨으면 합니다. 목사님이 말씀하신 것처럼 가난한 사람을 도와주고 사랑하라는 말씀이 과연 기독교인들의 마음을 움직일 수 있을까요? 대부분 기독교인들은 자기밖에 모르고, 자기 가족만 사랑합니다. 말과 행동이 다르고. 돈을 아주 좋아합니다. 돈이 되면 무슨 짓이든지 하고, 높은 자리를 좋아합니다."

이 말에 여기저기서 외쳐대기 시작했어요.

"맞습니다. 기독교인들은 자기만 아는 사람들입니다."

"말 한번 후련하게 하는군요. 당신 말에 찬성합니다."

"봉사를 해도 권위적이고, 또 그것을 발판으로 삼아 명예를 얻으려 할 겁니다."

그 사람은 다시 말을 이어갔어요.

"제가 이런 모임에 참석하는 것도 오늘이 마지막일지도 모릅니다. 저도 일자리를 얻기 위해 여기저기 떠돌다가 그만 병에 걸리고 말았습니다. 여러분이 말로만 도와주어야 한다고 떠들 때, 저 같은 처지에 놓인 사람들은 너무나 많고 또 소리 없이 죽어갈 것입니다. 그래도 여러분은 관심을 두지 않을 겁니다. 그래서 목사님께 질문하겠습니다. 예수님이 만약 제 입장이라면 어떻게 하실지 알고 싶습니다. 제가 스스로 일자리를 해결하지 못한 것이 잘못입니까? 제 아내와 자식들은 저한테 너무나 귀중하고 사랑하는 사람들입니다. 우린 앞으로 어떻게 살아가야 합니까? 아니면 굶어 죽어야 합니까?"

맥스웰 목사는 눈물을 흘렸고, 많은 기독교인들도 같이 울었어요. 맥스웰 목사는 이런 생각을 했어요.

'저 사람의 질문이야말로 우리 사회의 문제점들을 분명하게 드러내는 질문이구나. 저 사람이 일자리를 구하지 못하면 결국 세 가지 방법을 택할 것이다. 다른 사람에게 의지하거나 거지로 구걸하거나 아니면 자살 또는 굶어 죽어야 한다. 과연 이런 상황이라면 예수님은 어떻게 하셨을까? 나도 잘 모르겠다. 어떻게 해야 하나?'

한참 후에 맥스웰 목사는 말했어요.

"이곳에 계신 분들 중에 저분과 똑같은 어려운 처지에서 예수님을 따라 최선을 다해서 살려고 노력해 보신 분이 계십니까? 그런 분이 계신다면 저보다 훨씬 더 훌륭한 답변을 해 드릴 수 있으리라 믿습니다."

브루스 목사는 맥스웰 목사를 초청해서 불편하게 한 것 같다는 생각이 들었어요.

'이거, 맥스웰 목사도 대답을 못하네. 괜히 초청해서 난처하게 만들었구나.'

그런데 저 멀리서 한 사람이 일어서더니 말을 했어요.

"저도 저 사람과 비슷한 상황을 여러 번 겪어 왔습니다. 그러면서 예수님의 진짜 제자가 되기 위해 노력했습니다. 어떤 때는 살아남기 위해 거지처럼 구걸도 하고, 또 여기저기 복지기관을 열심히 찾아다녔습니다. 아무튼 도둑질과 사기 치는 것을 빼곤 안 해본 것이 없습니다. 이런 비참한 생활에서도 예수님이라면 굶어 죽는 일은 절대로 안 하셨을 것으로 생각합니다."

이 말에 또 한 사람이 소리쳤어요.

"내가 듣기엔 모두 쓸데없는 말일 뿐입니다. 우리가 사는 이 세상은 모든 것이 썩어서 치료할 수도 없고, 숨길 수도 없습니다. 그럴수록 더 냄새가 날 뿐입니다. 만약 예수님이 진짜로 살아 있다면 나는 오직 한 가지, 제가 결혼하여 가정을 갖지 않았다는 점에 감사할 뿐입니다. 요즘같이 살기 어려운 때는 가정은 지옥 그 자체입니다. 자신의 손으로 세 아이들과 아내를 굶주림에서 지켜 주지 못한다면 그게 어디 행복이겠습니까? 이렇게 사는 건 죽는 것보다도 더 잔인합니다."

그러고 보니 저 사람은 사회주의 운동 지도자인 '칼센'이라는 사람이었어요. 칼센은 더 목소리를 높여서 말했어요.

"이렇게 사는 사람들이 수천, 수만 명이 있는데도 큰 도시의 기독교인들은 자기 돈은 자기들만의 것이라고 하면서 백화점에 가서 비싼 물건들을 사고, 좋은 차를 타고 다니면서 사치와 쾌락을 누리고 삽니다. 그리곤 일요일엔 교회에 가서는, 예수님께서 주신 축복에 감사하면서 더 많은 축복을 기도합니다. 모든 것을 예수님께 바치겠다고 맹세하며 구원받았다고, 천국에 간다고 떠들고 다닙니다. 그런 기독교인들 가운데 우리가 존경할 만한 사람이 몇이나 됩니까? 목사님! 그런 기독교인들에게 오늘 밤 이 자리에서 예수님처럼 살기로 약속 운동을 하라고 말씀해 보십시오. 아마 대부분의 기독교들은 목사님을 바보 아니면 미친 사람으로 취급을 할 것입니다. 그러니 이런 모임은 쓸데없는 짓거리입니다. 약속 운동과 봉사를 해도 달라지는 것은 아무엇도 없습니다. 부자들이나 배운 사람들이나 정치인들은 절대로 변하는 일이 없을 테니까요."

이렇게 여러 사람들이 사회의 문제를 지적했지만, 결국 뚜렷한 해결점을 찾아내지 못하고 말았어요.

맥스웰 목사는 가슴이 답답했어요.

'정말 비참하고 슬픈 세상이구나!'

목사는 직장에서 쫓겨나고 어렵게 사는 사람들, 기독교에 대해 아무런 기대도 안 하고 싫어하는 사람들을 보고는 마음이 아파서 밤새도록 기도했어요. 그동안 레이먼드에서 겪은 그 어떤 어려움과 힘든 시간보다도 더 마음이 아팠어요. ✝

맥스웰 목사는 브루스 목사의 초청으로 시카고에 왔기
때문에 강연을 마치고는 다시 돌아가려 했어요. 그런데 시
카고에서 가장 큰 교회에서 주일 아침과 저녁예배에 설교
를 해달라는 부탁을 받았어요. 처음엔 계획에 없던 일이고
준비도 못 했기에 그냥 사양하려다가, 꼭 가야 할 것 같은
생각이 들었어요. 이것이 예수님의 뜻인 것 같아서 그렇게
하기로 결심했어요.

주일 아침이 되자 맥스웰 목사는 초청받은 교회로 갔어
요. 가보니 그 교회는 레이먼드 제일교회보다 한 10배는
더 커 보였어요. 엄청나게 많이 모인 교인들 앞에서 설교
하려니 떨리기도 했지만, 예수님이라면 용감하게 말씀을
전하셨을 것 같다는 생각이 들었어요. 맥스웰 목사는 설교
자 자리에 앉아 조용히 눈을 감고 간절히 기도했어요. 그

139

리고 시간이 되어 설교를 했어요.

"어제저녁 저는 이웃돕기 복지관 큰강당에서 어떤 사회
운동가의 말을 들었습니다. 그 사람은 우리 교회가 펼치는
새로운 사회개혁 운동은 이 사회를 변화시킬 수 없다고 말
했습니다. 이 말이 틀린 말입니까? 맞는 말일 수도 있습니
다. 우리는 대부분 이웃의 고통에는 관심이 없고, 그저 우
리 자신의 편안함과 여유롭게 사는 것만 관심이 있습니다.

여러분! 우리 주위에는 가난해서 굶주리고, 몸이 아파서
힘들게 사는 사람들이 많이 있는데, 우리 기독교인들이 자
신의 생활에만 관심 갖고 살아가는 것이 옳은 일일까요?
참된 기독교 정신은 무엇을 말하는 건가요? 예수님이 받으
신 여러 가지 시험을 우리도 똑같이 받아야 하는 것일까
요? 아니면 부패한 사회를 변화시키는 걸까요? 아니면 자
신의 모든 재산을 가난한 이웃에게 나누어 주는 것일까요?
성경 말씀대로 예수님을 따르며 사는 것일까요? 이렇게 살
면서 예수님의 말씀을 실천한다고 해도, 우리가 예수님보
다 돈과 명예와 권력을 더 사랑한다면 달라지거나 변하는
것은 아무것도 없을 것입니다. 예수님은 말씀하셨습니다.
'내가 가진 모든 것을 버리고 나를 위해 힘들고 어려운 십
자가를 지지 않는 사람은 절대로 내 제자가 될 수 없다.' 만
일 우리 기독교인들이 예수님께서 원하시는 대로 양심적으

로 모든 일을 처리한다면 이 도시도 변할 수 있습니다.

우리는 이제 예수님의 정신을 본받아 올바른 기독교를 다시금 되살려야 할 시대에 있습니다. 우리가 그저 말로만 겉으로만 믿는다고 하면서 '예수님!' '예수님!' 이렇게 부른다면, 예수님이 이렇게 말씀하실 것입니다. '난 너를 전혀 모른다.'

예수님은 죄인인 우리를 구원하시기 위해 채찍을 맞으시며 가시 면류관을 쓰시고 피 흘리시며 십자가를 지시고 돌아가셨습니다. 단지 죄인인 우리의 생명을 구원하시기 위해 고통스러운 십자가를 짊어지고 골고다 언덕을 올라가셨다는 말입니다.

우리는 예수님 십자가의 사랑으로 구원받았고, 기쁨으로 행복하게 살게 되었습니다. 그러면 이제 우리는 예수님의 사랑에 감사하면서 보답하기 위해 예수님이 기뻐하시는 이웃사랑을 실천해야 합니다."

맥스웰 목사는 예배를 마치고 나서 예수님처럼 살기로 약속할 사람들은 남으라고 하였어요. 맥스웰 목사는 교회 입구에서 인사를 다 마치고 돌아와서 예배당에 남아 있는 수많은 사람들을 보면서 감격의 눈물을 흘렸어요. 이 일은 그동안 눈물 흘리면서 간절히 기도하였기에 이루어진 일들이었어요. 이렇게 예수님께서 원하시는 대로 살기를 약속하는 사람들과 교회들이 많아졌어요.

　맥스웰 목사는 조용히 기도하다가 환상을 보았어요.
　레이첼과 버지니아는 렉탱글에 복지관을 세워 가난하고
아픈 사람들을 위해 봉사하는 것이 보였어요. 롤린은 레이
첼과 결혼하여 함께 어려운 사람을 도우면서 살았어요. 롤
린과 버지니아의 할머니와 레이첼의 어머니 윈슬로 부인
도 렉탱글에서 레이먼드 제일교회 교인들과 함께 봉사활
동을 했어요. 마쉬 총장은 링컨대학교 학생들에게 기독교
적인 정신으로 봉사하며 바르게 살 것을 가르치는 게 보였
어요. 파워즈는 철도공작소에서 일할 때보다는 돈을 적게
벌게 되었지만, 모스부호로 전신을 주고받는 기술로 취직
하여 열심히 일하면서, 계속해서 철도공작소에 가서 사람
들에게 진실한 모습으로 예수님을 닮아가도록 함께 예배
드리며 살고 있는 모습이 보였어요. 버지니아와 노먼 사장
은 기독교 신문을 만들었는데, 이 신문의 영향력이 전국으
로 퍼져 가는 것이 보였어요.
　체이스는 소설이 잘 팔려서 돈을 많이 벌었지만, 날마다
술을 마시고 담배를 피우면서 교회도 나가지 않고 매우 슬
퍼하면서 살았어요. 펠리시아의 언니 로즈도 나이 많은 부
자와 결혼했지만, 스털링 부인처럼 행복하지 않은 모습으

로 우울해 보였어요. 그러나 펠리시아는 스티븐이라는 예수님을 잘 믿으면서 진실하게 사는 남자와 결혼해서 화목하게 살면서 이웃 돕는 데 열심인 모습이었어요. 브루스 목사와 에드워드 목사는 전도와 이웃돕기를 더 열심히 하는 게 보였어요.

잠시 후 환상에서 깨어난 맥스웰 목사는 다시 간절히 기도하였어요.

'예수님! 이 땅에 예수님의 뜻이 다시 살아나게 되도록 예수님을 따라 사는 사람들의 발걸음을 인도하소서.'

맥스웰 목사는 예수님을 믿는 사람들이 믿음과 사랑의 실천으로 함께 손에 손잡고 예수님의 십자가를 따라가는 것을 머릿속에 그려보면서, 예수님의 발자취를 따를 것을 다시 한 번 다짐했어요. †

🏛 고쳐 쓰고 나서

　제가 근무하는 학교의 교회에 다니는 어느 학생이 찾아와서 물었어요.

　"목사님, 어떻게 하면 좋겠어요? 아무리 기도해도 어떻게 해야 할지 모르겠어요."

　가만히 들어보니 학생의 가정은 말할 수 없을 정도로 어수선했어요. 부모님은 나날이 살기가 어려워지면서 매일같이 싸우시고, 초등학생인 동생은 본드에, 담배에, 술에 자꾸만 삐뚤어지는 모양이었어요. 자신의 가정을 어떻게 할 수도 없고, 자신은 그저 평범하게 살고 싶은데 답답해서 미치겠다고 해요. 얼마 전부터는 답답해서 담배를 피우기 시작했는데, 어느 날 보니 자신이 담배를 하루에 한 갑이나 피우고 있는 걸 보고 놀랐대요. 이러다 담배중독이 되는 건가 싶고, 자기 동생에게 뭐라고 할 자격도 없는 형이구나 싶었대요.

　그래도 나름대로는 고민하다가 목사인 제게 찾아온 것인데, 딱히 뭐라고 해야 할지 난처했어요. 학교에서 보는 시험처럼 배운 것을 잘 기억하면 답이 나오고, 다섯 개 중의 하나가 답이면 좋겠는데, 이건 배워서 알 수 있는 것도 아니었어요. 저로서는 어떻게 해결해야 하는지에 대한 방법이나 도움을 줄 수가 없었어요. 그로부터 나름 자주 만나면서 기도해 주고 격려해 주고 위로하면서 이야기를 나누었어요. 그렇다고 이 학생의 가정이 좋아지거나 담배를 금세 끊은 것은 아니에요. 그저 자신의 이야기를 깊이 들어 주고, 진지하게 같이 고민해 주고, 위로와 격려로 함께 해 주고 기도해 준 것이 큰 힘이 되었다고 하니 저로서도 고마웠어요.

이 학생과 이야기를 하던 중, 어느 날엔가 요즘 기독교가 일반 사람들에게 비난을 받는 것에 대한 이야기를 나눈 적이 있었어요. 이런 것을 묻는 학생의 질문에 너무도 안타까웠어요. 그때 문득 보게 된 책이 이 책이었어요. 그래서 이 학생에게 이렇게 말한 적이 있어요.

"○○야, 나도 솔직히 모르겠어. 너도 교회에 다니지? 다른 기독교인들과 교회를 비난하기에 앞서 질문을 바꿔 보면 어떨까? 만약에 예수님이 지금 나라면 지금 이 상황에서 어떻게 하실까?"

그러면서 이 책을 읽어볼 것을 권했어요. 며칠 후 찾아와서는 이 책을 읽고 감동받았다고 하면서, 이다음에 어려운 사람을 도와주는 사람이 되고 싶다고 사회복지사가 되는 것을 생각 중이라고 했던 것이 기억나요.

145

저는 외할머니 때부터 예수님을 믿은 기독교신앙인이에요. 그렇게 태어나면서부터 교회를 다녔고, 지금 저희 가족과 아내의 가족, 부모님, 동생네 식구들도 모두 교회에 다녀요. 지금 저는 목사이고 선생이 된 지 십 년이 넘었어요. 이런 제가 참 마음이 아플 때가 있어요. 지금 우리나라에서 교회 다니는 사람들의 숫자는 전체 인구 중에서 다섯 명의 한 명꼴로 많아요. 전 세계에서 가장 교인의 숫자가 많은 교회도 있어요. 교회당을 짓는 데 수천억이 들어간 교회도 여럿 있어요. 우리나라를 이끌어가는 지도자 중에서 기독교인도 아주 많아요. 어떤 글을 보니, 우리나라 장관님들과 국회의원들의 종교를 조사한 결과 기독교가 가장 많은데, 그 비율이 다섯 명 중에서 세 명꼴로 많았데요. 목사들의 숫자도 아주 많아요. 이런 목사들 중에는 외국에서 공부도 많이 하신 분들도 많고, 박사님들도 많아요.

그런데 이상하죠. 우리나라에는 이렇게 교회와 교인과 목사들이 많고 기독교의 힘도 센데, 우리나라에는 아직도 가난하고 어려운 사람들이 너무나 많아요. 잘 사는 나라라고 많은 나라에서 부러워하고, 어떻게든 우리나라에서 일하려고 가난한 나라에서 돈을 벌려고 오기도 해요. 그런데 우리나라에서는 비정규직으로 언제 그만두게 될지 모르는 불안한 처지에서 일하는 사람들이 많아요. 그리고 부모님이 있지만, 아이들을 기를 형편이 못 되어 고아원에서 자라는 아이들도 많고요. 그리고 이 아이들은 입양도 잘 안되고 있어요. 그래서 우리나라에서 태어난 아이들이 외국에 입양 가게 되거나 입양이 안 되어 고아원에서 자라는 경우도 많아요. 왜 이럴까요? 누구나 아는 것처럼 우리 기독교는 사랑을 강조하는 종교예요. 그런데 왜 우리나라는 이처럼 사랑이 부족한 것일까요? 그 이유는 기독교인이 부족해서도 아니고 기독교인들이 힘이 없어서도 아니에요. 그러면 무엇이 문제일까요? 그것은 바로 우리 기독교인들이 사랑이 무엇인지는 잘 알지만, 실천하지 않기 때문이에요. 매주 교회에서 목사의 설교를 듣고 교회에서 성경을 배우지만, 그것을 실천하지 않기 때문이에요.

　가끔씩 제게 교회를 안 다니는 사람들이 이야기를 해요. 예수님을 본받아 산다고 하면서, 가만히 보면 말하는 것이나 행동하는 것이 교회를 안 다니는 자기들과 전혀 다르지 않은 기독교인들이 너무나 많대요. 그래서 교회가 좋은지, 필요한지 모르겠다고 해요. 이런 말을 들을 때마다 저는 참 부끄러웠어요. 더욱이 제가 공부한 것이 기독교 사회윤리학이라고, 우리 기독교 정신으로 사회를 바르게 하는 것을 생각해 보고 공부하고 실천해 볼 것을 찾아보는 공부이기에 더 그런가 봐요. 저 자신도 솔직히 가만히 보면, 예수님을 닮기보다는 예수님과는 정반대로 사는 것 같아요. 돈도 많이 있으면 좋겠고, 다른 사람보다 더 잘나고 싶고, 좋은 음식을 많이 먹고 싶고, 좋은 곳에 가보고 싶어요. 이런 것을 하고 싶으니까 돈이 많이 필요해요. 그리고 제 돈으로 제 가족끼리 살기도 부족한 것 같아요. 그러다 보니 어려운 사람들을 돕는 데 돈을 쓰지 않고 저와 제 가족만을 위해 돈을 쓰는 것 같아요. 우리는 정말 예수님을 믿는 것이 맞을까요? 이런 생각은 저만 그런 것은 아닐 거예요. 아마도 진심으로 예수님을 믿고 따르고 싶어 하는 모든 기독교인의 생각일 거예요.

이때 생각해 보고 물어보는 질문이에요.

'예수님이라면 어떤 모습으로 살아가셨을까?'

'어떻게 생각하시고 어떻게 행동하셨을까?'

이런 생각으로 이 책을 읽고 또 읽고 써 보았어요. 그리고 지금 이 순간, 다시금 저 자신에게 냉정히 물어보았어요.

'예수님이라면 어떻게 하실까?'

이 책은 아무런 준비도 없이 갑자기 직장을 잃게 된 어느 남자가 나타나 다음과 같은 질문을 던지고 죽음으로써 시작되었어요.

"예수님이라면 어떻게 하실까?"

예수님의 발자취를 따른다는 것은 무엇일까요? 이 말은 그저 사는 게 바쁘니 그럴 수도 있는 것 아니냐고 핑계 대면서, 게으르고 무감각하게 교회만 다니는 사람들로 하여금 진짜 예수님을 믿고 따르는 게 무엇인지를 생각해 보게 해요. 그리고 이 책은 그에 대해 아주 쉽고 분명한 대답을 해주고 있어요.

이 책의 주제는 복잡한 상황 속에서 "예수님이라면 어떻게 하실까?"를 생각해 보는 것이에요. 이것은 매우 적극적이고 지혜로운 질문이에요. 이 책은 이처럼 가장 기본적인 질문을 통해 믿음과 실천의 요구, 그리고 자기 욕심과 자기 중심적인 삶의 유혹 사이에서 고민하는 수많은 기독교인의 영혼을 일깨워 주었어요.

이 책에 등장하는 레이몬드 제일교회의 담임목사인 헨리 맥스웰은 기독교 교인의 삶이 그저 아는 것으로 그치는 것이 아니라 직접적인 행동을 요구한다는 점 때문에 고민하셨어요. 결국 그는 모든 삶의 태도와 행동에서 "예수님이 나와 같은 상황에 계신다면 어떻게 하실까?"라는 질문을 하고 그에 따라 행동할 것을 약속했어요. 또한 교인들에게도 같이 한번 해보자고 말했어요. 마침내 교인들도 목사의 제안을 따라 일단 일 년 동안 그렇게 해보기로 약속했어요.

이 책에는 예수님의 발자취를 따라서 걷겠다고 약속한 다양한 계층의 기독교인들이 나와요. 신문사 사장, 대학교 총장, 철도공장 감독관, 목사, 성악가, 소설가, 부자인 자선 사업가 등……. 이들은 매일의 삶 속에서 중요한 순간마다 "예수님이라면 어떻게 하실까?"라고 스스로 물어봐요. 성별, 나이, 직업, 지역 등은 달라도, 이들이 결심하고 실천하는 모습은 마치 한 편의 감동적인 드라마를 보는 것만 같아요.

이 책이 나온 지 아주 오랜 시간이 지났지만, 지금도 전 세계에서 아주 많은 사람들의 사랑을 받고 있어요. 그 이유는 이 책을 읽고 감동받은 내용이 마음에 새겨져서 이를 실천하려고 다짐하는 사람들이 많았기 때문이에요. 이 책은 아는 것보다 더 중요한 것이 실천이라고 말해 주고 있어요. 우리 기독교인이 실제로 살아가면서 만나는 사람들에게 무엇을 해야 하는지를 설득력 있게 잘 드러내고 있어요.

이 책을 읽으면서 제 마음에 와 닿은 구절들이에요. 지면상 다 쓰지 못한 부분들이 많아서 여기에 따로 모아봤어요.

"우리의 표어는 '예수님이라면 어떻게 하실까'예요. 우리의 목표는 예수님이 우리의 입장에서 몸으로 실천하시리라고 생각하는 것을 그대로 실천하는 거예요."

"우리 시대의 기독교란 보다 더 철저하게 예수님을 본받는 기독교, 특히 그 어떤 어려움도 두려워하지 않고 견뎌낼 기독교라야 한다는 것이에요."

"예수님이 지금 저의 입장이라면 그렇게 결정하셨으리라는 확신 이외에는 아무런 다른 이유가 없어요."

"사랑하는 교우 여러분, 여기 계신 어느 분이든 제가 큰 선심이나 쓰는 것으로 생각하지 말아 주셨으면 해요. 최근에 저는 제 소유라고 생각했던 재산이 실은 제 것이 아니라 하나님의 것이라는 사실을 뒤늦게야 깨달았어요."

"목사님은 예수님의 제자라면 당연히 그분의 발자취를 따라야 하고, 그 단계는 순종, 믿음, 사랑, 그리고 본받기라고 말씀하셨어요. 하지만 특별히 그 마지막 단계가 의미하는 바에 관해서는 분명하게 말씀하지 않으셨어요. 기독교인들이 예수님의 발자취를 본받는다는 게 과연 무슨 뜻인가요? 저는 이 도시를 사흘 동안이나 헤매며 일자리를 찾아다녔어요. 그렇지만 여기 서 계신 목사님을 빼고 저를 불쌍하다고 생각하여 걱정해주면서 위로의 말을 해주는 사람은 단 한 사람도 없었어요. 목사님은 저에게 미안하다고 하시며 꼭 다른 곳에서 일자리를 찾기 바란다고 하셨어요. 물론 여러분이 아주 나쁜 마음으로 사람들을 이용하는 떠돌이들에게 많이 속아본 경험 때문에, 정말 도움이 필요한 사람들에게는 관심이 없었다고 말할 수도 있겠어요. 아무튼 누구를 비난할 생각은 없어요. 저는 단지 있는 사실을 그대로 말한 것뿐이에요. 저도 잘 알아요. 여러분이 저와 같은 사람을 위해 바쁜 일을 다 뒤로 하고 제가 일할 곳을 구해 주실 수는 없겠지요. 그렇게 해달라고 요구할 마음도 없어요. 그렇지만 저의 마음속에서 끊임없이 혼란스러운 부분은 과연 예수님을 따라 살아가는 삶이 무엇인가 하는 것이에요. 여러분은 '주와 같이 길 가는 것'이라는 찬송을 무슨 의미로 부르셨어요? 예수님처럼 잃어버리고 고통 받는 사람들을 구원하기 위해, 자신보다 어려운 사람들을 위해 스스로 선택하여 그 어떤 어려움도 참아가면서 함께하시겠다는 뜻이었나요? 아닌가요?"

"지금부터 제가 여러분께 드리려는 제안은 특별하거나 전혀 실천 가능성이 없는 일은 아니에요. 하지만 저의 마음 한구석에는 많은 사람이 그렇게 생각할 수도 있다는 걱정이 돼요. 어쨌든 서로의 생각을 확실하게 이해하기 위해 먼저 저의 제안을 솔직하게 말씀드리겠어요. 저는 여러분 중에서 앞으로 일 년 동안 모든 삶 속에서 '예수님이라면 어떻게 하실까?'라는 질문 없이는 어떤 일도 하지 않겠다고 약속할 자원자를 모집하기 원해요. 자원자는 항상 이 질문을 하고, 그 결과에 상관 없이 예수님의 방식대로 행동해야 해요. 물론 당연히 저도 자원자 중 한 사람으로 함께할 거예요. 따라서 교회가 앞으로 저의 행동에 관해 놀라지 않으셨으면 해요. 그리고 무엇보다 자원자가 예수님의 방식이라고 판단되는 행동을 실천에 옮길 때 반대하지 않으셨으면 해요. 제가 드린 말씀을 분명히 이해하셨나요? 이 운동의 주제는 '예수님이라면 어떻게 하실까?'예요. 이 운동의 목적은 그 결과에 상관없이 예수님이 우리와 같은 상황에 처하셨다면 하실 만한 행동을 몸으로 실천에 옮기는 데 있어요. 다시 말해 우리가 알고 믿는 것 그대로 예수님의 발자취를 따라가자는 것이에요."

"보이지는 않지만 분명하게 느낄 수 있는 성령님의 함께하심의 물결이 온 강의실을 휩쓸고 지나갔어요. 한동안 아무도 말을 하지 않았어요. 맥스웰 목사 역시 그냥 선 채로 있었어요. 다른 사람들이 강한 눈빛으로 그를 집중해서 보고 있는 동안에 그는 그동안 자신이 받아 왔던 느낌을 더욱 확실히 경험할 수 있었어요. 바로 모든 제자가 자신의 물건을 자기 것이라고 하지 않고 모두의 것이라고 했던 기독교 초기 교회 시절로 돌아간

듯한 느낌이었어요. 레이먼드 제일교회가 지금까지 경험하지 못했던 교인들 사이의 사귐의 물결이 자유롭게 물결치는 듯했어요. 그들이 '예수님이라면 어떻게 하실까?'라는 물음에 따라 행동할 것을 약속하기 전에는 이와 같은 사귐은 상상할 수도 없었어요. 맥스웰 목사와 사람들은 같은 감동에 빠져 있었어요. 교인들 사이에는 전에는 없었던 뜨거운 사랑이 흐르고 있었어요. 이 사랑의 흐름은 버지니아가 이야기를 하는 동안에도, 그리고 한동안 침묵이 흐르는 동안에도 계속되었어요."

🏠 원래 지은 분

　찰스 M. 셸던(Charles M. Sheldon) 목사님은 미국 뉴욕 출신으로, 미국 동부지역에서 아주 우수한 대학교로 손꼽히는 8개의 대학을 말하는 '아이비리그(Ivy League)' 중 하나인 브라운대학교를 졸업하시고, 앤도버 신학대학원을 졸업하셨어요. 목사님은 미국 캔자스 주 토피카 지역에서 목사로 기독교사회윤리학과 기독교사회복지학을 공부하여 박사가 되시기도 하셨어요. 이처럼 목사님은 목사님의 일을 열심히 하시면서 공부도 깊이 하신 분이셨어요. 목사님은 자신이 공부한 것을 실천하시려고, 이 책에 나오는 사람처럼 직장에서 쫓겨난 인쇄기술자로 보이는 사람들을 직접 찾아다니셨어요. 이런 목사님을 기독교인들이 제대로 도와주지도 않고 관심조차 갖지 않는 모습을 보시고는 충격을 받으셨어요. 이 충격으로 목사님은 바로 이 책을 쓰셔서 교회에서 읽어주셨어요.

　이 책은 1897년 책으로 출판되어, 미국에서만 3천만 권 이상 판매되었어요. 목사님은 책이 많이 팔리게 되니 큰 부자가 되고 유명해질 수 있었지만, 이를 스스로 포기하셨어요. 책이 팔릴 때마다 돈을 받을 수 있는 책에 대한 저작

권을 스스로 포기하셔서, 많은 출판사들이 이 책을 마음껏 출판할 수 있게 하셨어요. 이 책을 현대판으로 셸던 목사님의 손자이신 개릿 W. 셸던(Garrett W. Sheldon) 목사님이 『예수님이라면 어떻게 하실까? 그 현대판』을 1993년에 쓰기도 하셨어요.

⌂ 고쳐 쓴 사람

저는 성공회대학교에서 신학을 공부하고 나서 상명대, 방송통신대, 학점은행제, 한신대 신학대학원, 고려대 교육대학원, 중부대 인문산업대학원 등에서 국어교육학, 교육학, 사회복지학, 아동학, 청소년학, 윤리교육학, 상담교육학 등을 공부하였어요. 전북 익산 황등중학교 목사이고 선생이면서, 황등교회 아동부 목사이기도 해요. 지금은 장애인과 특수교육학에 대한 관심으로 공주대 특수교육대학원 중등특수교육학과에 다니고 있어요.

살아오면서 잊지 못할 경험으로 지난 2004년 6월 2일 초저체중 조산아로 태어난 딸(한사랑)이 98일간의 신생아중환자실의 고통을 이기고 잘 자라 주는 것에 감격하고 감사하면서, 이 일을 통해 생명의 소중함을 깨닫고 늘 되새겼어요. 그래서 아주 오래전 하나님이 주신 마음인 입양을 소망하다가, 아내 이희순과 함께 세 명의 멋진 아들인 한겨레, 한가람, 한벼리를 맞이하게 되었어요. 이렇게 하여 요즘은 보기 드문 대가족인 여섯 식구로 살게 되었어요.

월간 〈창조문예〉 신인작가상을 시작으로 수필작가가 되었고, 공주대 윤리교육학과에서 교육학 박사학위를 받으면서 학술지 논문심사도 하고, 교육부 주관의 고등학교 종교 교과서를 공동 집필하기도 하면서, 주간 ‹크리스챤신문›과 월간 ‹기독교교육›에 글을 연재하는 등 꾸준하게 글을 쓰고 책을 만들어 내는 일을 즐겁게 해요.

지은 책으로는 『사랑한다 내 딸 사랑아』, 『아빠와 함께 읽는 성경이야기』, 『사람은 잇대어 살아야 해요』, 『사랑하며 살래요』, 『참교육 참사랑의 학교』, 『쉽게 읽는 기독교윤리』, 『고령화사회의 현실과 효 윤리』, 『함께 읽는 기독교윤리』, 『노동의 현실과 사회윤리』, 『하늘 향해 웃음 짓고』, 『현실사회윤리학의 토대 놓기』, 『우리가 잊지 말아야 할 것들』이 있어요.

🏠 아빠가 쓴 책을 보고나서

안녕하세요? 저는 황등초등학교 4학년이고 황등교회 아동부 한사랑이에요. 저희 아빠는 책 읽기와 책 쓰기를 좋아하세요. 그래서 저희랑 놀아주시지 못할 때가 많아요. 그래서 아빠가 책 쓰는 게 자랑스럽기도 하지만 싫을 때도 많아요. 동생들과 함께 아빠에게 놀아달라고 했더니 아빠가 미안하지만 책을 써야 한다고 다음에 놀아주겠다고 하셨어요. 그래서 기분이 나빴는데, 아빠가 저더러 기념으로 이번에 쓰시는 책에 대한 느낀 점을 써보라고 하셨어요. 이번에 내시는 책이 어린이를 위한 것이니 어린이를 대표해서 말이에요. 저는 싫다고 했어요. 책 쓰시는 것 때문에 놀아주시지 않는 게 싫은 건데, 저한테 아빠가 쓰시는 책에 대한 느낀 점을 써보라니 도대체 아빠가 생각이 있는 것일까요? 그래서 "싫어!"라고 말하니까 아빠가 느낀 점을 잘 써줘야 빨리 끝내고 놀아줄 수 있다고 저를 설득하셨어요. 그래도 몇 번이고 싫다는데도 아빠는 자꾸자꾸 해보라고 하셨어요. 그래서 써주면 우리랑 잘 놀아주고 맛있는 치킨세트 사주실 것을 약속받고는 쓰기로 했어요.

이 책은 아빠가 지은 책이 아니래요. 원래는 미국의 목

159

사님이 쓰신 것을 아빠가 감명 깊게 본 것인데, 이 책이 어른들을 위한 것이라서 아빠가 어린이용으로 다시 써 본 것이래요. 그래서인지 좀 이해하기 어렵기는 했어요. 우리나라가 아니고 미국 이야기라서 도시 이름이나 사람들 이름이 헷갈렸어요. 그래서 아빠에게 투덜댔더니 아빠가 그랬어요. 우리나라 책도 좋지만 외국 책도 보아야 외국의 지명과 문화를 이해하는 데 도움이 된대요.

이 책에서 처음에 나온 아저씨가 너무 불쌍했어요. 이 아저씨는 직장도 없고, 아내도 죽고, 딸은 고아원에 맡겼어요. 저는 책을 읽으면서 불쌍한 아저씨를 도와주는 사람들이 없는 걸까 하는 생각이 들었어요. 그라고 로린도 참 불쌍했어요. 술 마시고 살다가 이제 예수님을 믿고 착하게 살려는데, 그만 술집 아저씨들이 던진 돌에 맞아 죽었어요. 파워즈 아저씨는 철도공작소에서 제일 높은 분이셨는데, 나쁜 짓 하는 회사를 향해 그렇게 하지 말아야 한다고 한 것 때문에 쫓겨나셨어요. 이런 걸 보니까 많이 슬펐어요. 교회에서나 학교에서는 불쌍한 사람을 도와주어야 한다, 폭력은 나쁜 것이다, 정직해야 한다고 하는데, 왜 이렇게 슬픈 일들이 생기는 것일까요? 좋은 어른들도 많지만 나쁜 어른들이 많은 것 같아요. 우리나라는 이러지 말았으면 좋겠어요. 그래도 이 책에서는 멋진 사람들이 많아 나왔어요.

맥스웰 목사님은 착한 분이시고, 레이첼은 노래도 잘하는 예쁜 언니 같아요. 노래를 잘하는 것도 멋진데, 불쌍한 사람들을 찾아가서 노래도 불러주고 하는 모습이 제가 좋아하는 아이돌 언니들보다 더 멋져 보였어요. 노먼 사장님은 예수님 제자 같아요. 예수님이라면 어떻게 하실까를 생각하시면서 신문을 만드셨어요. 마시 총장님은 믿음직스러운 분이세요. 저도 크면 이런 총장님이 계시는 대학에 가고 싶어요. 아빠에게 물어 보니 미국에 링컨대학교가 진짜로 있대요. 이름이 왜 링컨이냐면, 미국 제16대 대통령으로 흑인 노예를 해방하신 링컨 대통령을 기념하여 만든 대학이래요. 역시 링컨 대통령은 멋져요. 페이지 언니도 멋져요. 돈을 불쌍한 사람들을 위해 쓰는 걸 보니 기부천사 같아요. 브루스 목사님도 멋지고, 펠리시아는 요리천사 같고, 로즈는 한심해 보였어요. 이 책에 나오는 레이첼, 페이지, 펠리시아 같은 언니들처럼 불쌍한 사람들을 도와주는 사람이 되고 싶어요.

저는 하고 싶은 게 참 많아요. 가수도 되고 싶고, 바이올리니스트도 되고 싶고, 사진작가도 되고 싶고 선생님도 되고 싶어요. 제가 되고 싶은 사람을 보거나 생각하면 기분이 좋아요. 이제부터는 제가 어떤 사람이 되든지, 멋지고

161

마음이 예쁜 언니들처럼 저도 예수님이라면 어떻게 하실까를 생각하면서 제가 잘하는 일로 불쌍한 사람들을 도와주면서 살 거예요. 아휴~ 겨우 다 썼어요. 이걸로 독서록 숙제도 내고 아빠에게 약속대로 놀아 달라고 하고 치킨세트도 사 달라고 할 거예요. 아빠가 약속을 지키시겠죠^^ 안 지키시면 이렇게 말할 거예요.

"예수님이 아빠라면 약속을 지키시겠지. 아빠, 예수님이라면 어떻게 하실까?"

한 사랑

어린이들이 꼭 읽어야 할 기독교 고전

예수님이라면 어떻게 하실까

초판인쇄 2014년 4월   3일
초판발행 2014년 4월 15일

지은이   찰스 M. 셸던
옮긴이   한승진
발행처   박문사
발행인   윤석현
등   록   제2009-11호

주소   서울시 도봉구 창동 624-1 북한산현대홈시티 102-1106
전화   (02) 992-3253 (대)
전송   (02) 991-1285
전자우편   bakmunsa@daum.net
홈페이지   http://www.jncbms.co.kr
편   집   주은혜
책임편집   김선은

ⓒ 한승진, 2014. Printed in KOREA.

ISBN 978-89-98468-27-9 03230   정가 8,000원